書下ろし

刑事《デカ》魂

新宿署アウトロー派

南 英男

祥伝社文庫

目次

第一章　罠《わな》の階段

1

スポットライトが灯《とも》った。

場内が静まり返った。新宿歌舞伎町二丁目にあるストリップ劇場だ。

二月上旬の夜である。七時を回っていた。

舞台《ステージ》のほぼ中央に水色のマットレスが敷かれ、観客の男が横たわっている。仰向《あおむ》けだった。五十年配だ。

職人風で、中肉中背である。下半身は裸だった。暗紫色《あんししよく》のペニスは昂《たか》まっていた。

生方猛《うぶかたたけし》は観客席の通路に立ち、全裸のチリ人ストリッパーの動きを目で追った。

アニータという芸名で、二十代の半《なか》ばだった。ナイス・バディだ。髪は栗色で、肌が抜けるように白い。飾り毛はハートの形に刈り揃《そろ》えられている。

このステージでアニータは四曲踊り、いつものように〝ナマ板《いた》本番ショー〟をこなしはじめた。

生方は、新宿署生活安全課風紀捜査係長である。満三十九歳で、職階は警部だった。

内偵捜査は終わっていた。生方は五人の部下と一緒に摘発に取りかかろうとしていた。

自分を含めた三人の刑事が観客を装って、場内に潜《もぐ》り込んでいる。

残りの三人は劇場内の廊下と表で待機中だ。生方は頃合を計《はか》って、踏み込み開始の合図を送ることになっていた。

アニータは円錐形《えんすいけい》の光の中で五十男の相方《あいかた》にひとしきり口唇愛撫を施《ほどこ》すと、手早く陰茎《いんけい》にスキンを被《かぶ》せた。馴《な》れた手つきだった。

客の誰かが指笛を高く鳴らした。囃《はや》し立てる声も生方の耳に届いた。

アニータは観客たちに艶然《えんぜん》と笑いかけ、パートナーの上に跨《また》がった。すぐに男根を体内に収める。男が小さく呻《うめ》いた。

アニータが切なげな表情で、腰を弾《はず》ませはじめた。

動きはリズミカルだった。豊満な乳房がゆさゆさと揺れている。淡紅色の乳首は小さい。乳暈《にゅううん》は腫《は》れ上がったように盛り上がっていた。

BGMの音量が大きくなった。サム・テイラーの甘やかなサックスの音《ね》がなんとも煽情的《せんじょう》だ。ナンバーは『ハーレム・ノクターン』だった。口の中に生唾《なまつば》を溜《た》めている客がいそうだ。

生方はさりげなく廊下に出た。

少し離れた場所に部下の三井正人《みついまさと》巡査部長が立っていた。三十一歳で、体育系タイプだ。髪型はスポーツ刈りである。体躯《たいく》はラガーのように逞《たくま》しい。

生方は無言で両手首を合わせた。手入れのゴーサインだ。

三井が緊張した顔つきで身を翻《ひるがえ》した。劇場近くの路上で待機している二人の同僚を呼びに行ったのである。彼ら三人はまず切符売場のもぎりの中年女性を拘束し、劇場支配人や楽屋の踊り子たちの逃亡を防ぐ手筈《てはず》になっていた。

生方は薄暗い場内に戻った。

アニータは騎乗位《きじょうい》で交わったまま、器用に体を旋回させていた。職人風の男は下から腰を突き上げている。その動きは荒々しい。

生方は片手を高く翳《かざ》した。着手のサインだ。

「はい、そこまで！」

山下陽一《やましたよういち》巡査長が大声を発し、エプロン・ステージに駆け上がった。

アニータが裸身を強張《こわば》らせ、すぐさまセックス・パートナーから離れた。舞台の隅にうずくまる。客席に背を向ける恰好《かっこう》だった。

下半身を剝《む》き出しにした五十絡《がら》みの男が上体を起こし、コンドームを引き剝《は》がした。照れ笑いを浮かべたが、悪びれる様子はうかがえない。

「新宿署生活安全課だ。みんな、動くなよ。そのまま、そのまま！」

長谷部剛《はせべつよし》警部補が視線をめまぐるしく動かしながら、動揺した客たちを着席させた。ざっと数えても、四十人以上はいる。中高年の男が目立つ。

「照明係、メイン・ライトを点けろ！」

生方は怒鳴《どな》った。

じきに場内が明るくなった。いつの間にか、BGMは熄《や》んでいた。

「客は、すぐ帰らせてやる。だから、逃げたりするなよ」

長谷部が観客たちに言って、舞台に這《は》い上がった。本番ショーのパートナーを務《つと》めた男に近寄り、何か声をかけた。

三井刑事がアニータの片腕を取り、ステージの袖《そで》に導《みちび》いた。

楽屋でアニータに衣服をまとわせてから、手錠を打つつもりなのだろう。長谷部が職人っぽい五十男を立たせた。

生方は摘発が順調に進んでいることに安堵《あんど》しながらも、何か虚《むな》しさを覚《おぼ》えた。

このストリップ劇場は数ヵ月前にも手入れをしている。舞台で客たちといかがわしい行為をした踊り子たちは解雇されたが、摘発後も連日のように本番ショーが繰り返されていた。

猥褻罪《わいせつざい》で現行犯逮捕されたストリッパーたちや支配人は四十八時間ほど所轄署に拘置されるが、余罪がなければ、たいがい書類送検されるだけだ。劇場オーナー、照明係、音響係、もぎり嬢などの実刑判決が下ることは、ごく稀《まれ》である。

罰《ばつ》もきわめて軽い。

いわゆる風俗犯には、犠牲者はいない。そのため、逮捕者を重く罰することができないわけだ。腹立たしいことだが、非合法セックス・ビジネスの根絶は難しい。

生方は部下たちと来る日も来る日も性感エステ、ソープランド、売春クラブ、ストリップ劇場などの摘発に励んでいるが、公務に生き甲斐《がい》を見出《みいだ》せないでいる。

それどころか、うんざりしていた。半ば本気で転職したいとさえ思っている。

生方は二年前まで、警視庁捜査一課強行犯《きようこうはん》一係のエース刑事だった。ところが、気負いから勇み足を踏んでしまったのである。

二年数ヵ月前、渋谷署管内で女子大生殺害事件が発生した。捜査本部に出張《でば》った生方はペアの刑事と聞き込み捜査を重ね、被害者に執拗《しつよう》につきまとっていた押尾《おしお》和博《かずひろ》という二十六歳のサラリーマンを重要参考人と睨《にら》んだ。

押尾の事件当夜のアリバイは一応、あった。

しかし、偽装工作の疑いが消えなかった。その前夜、彼が被害者所有の自転車を勝手に乗り回していた確証は得られた。

それで、生方は自分の読み筋《すじ》に間違いはないと確信を深めた。上司たちを熱心に説得し、ひとまず押尾を窃盗容疑で身柄を押さえた。

初動捜査で、被害者宅から押尾の指掌紋《ししょうもん》が数多く検出されていた。それだけでなく、事件当夜、被害者宅のワンルーム・マンションの近くで押尾の姿を見たという目撃証言も寄せられていたのである。

生方は相棒の捜査員と押尾を厳しく取り調べた。すぐにも被疑者が全面自供すると楽観していた。

しかし、そうはいかなかった。押尾は、被害者の自転車を無断で使ったことは認めた。だが、殺害については強く否認しつづけた。心証はクロだった。とはいえ、アリバイを崩さなければ、立件はできない。

生方は頭を抱えてしまった。そんなとき、女子大生を殺したという真犯人が捜査本部の置かれた渋谷署に出頭してきた。

平松《ひらまつ》豊《ゆたか》という名で、押尾の高校時代の二年後輩だった。当時、彼は二十四である。生方は、平松を身替り犯と睨んだ。

しかし、被害者の着衣には平松の頭髪が付着していた。さらに供述通りに平松の自宅から、被害者の衣服と靴が発見された。いずれも犯行後に平松が盗み出した物と思われた。

捜査本部長の判断で押尾は本事案《ほんじあん》ではシロとされ、自転車の窃盗容疑で書類送検されて釈放された。その数日前に押尾の母親が鉄道自殺を遂《と》げていた。

押尾が自転車の窃盗容疑で逮捕された翌日、ある夕刊紙があたかも彼が女子大生殺しの犯人であるかのようなスクープ記事を掲載した。

際《きわ》どい暴露記事だった。押尾の母親の翠《みどり》が著名な美容研究家でベストセラー本の著者であったため、スキャンダル記事を書かれてしまったのだろう。

もちろん、記事は押尾を女子大生殺しの真犯人とは断定していなかった。押尾母子の名もイニシャルが使われていた。それでも、読者にはすぐ察しがついただろう。

有名人である押尾翠はひとり息子が殺人者扱いされたことで、自分の前途は閉ざされたと悲観的になってしまったようだ。女性マネージャーの手を振り払って、地下鉄駅のホームから入線してくる電車に飛び込んだという。享年《きようねん》五十三だった。

母性愛よりも、自己愛のほうが強かったのだろう。多くの母親は仮にわが子が殺人者になっても、その行く末を見届けるのではないか。

しかし、押尾の母は親心よりも自分の名誉が穢《けが》されたことに拘《こだわ》り、厭世的《えんせいてき》な気分になってしまったようだ。それだけ親子関係は冷えきっていたのかもしれない。

それはそれとして、生方は自分が別件で押尾を逮捕したことが高名な美容研究家の自殺の遠因になったと思い悩んだ。負い目を抱えながら、弔問《ちょうもん》に訪れた。

だが、喪主の押尾和博に追い返されてしまった。彼が中学生のとき、両親は離婚している。亡母の告別式が終わった翌日、押尾は勤めていたベンチャー企業を依願退職した。その後は遺産で暮らしているようだ。

生方は見込み捜査に走った責任を取らされる形で新宿署に飛ばされ、〝風俗刑事《デカ》〟に格下げされてしまった。身から出た錆《さび》だが、ショックは大きかった。

本庁のエース刑事だった矜持《きょうじ》は無残なまでに打ち砕《くだ》かれた。功を急いだ愚《おろ》かさを心底、悔《く》やんだ。

高校二年生のときに殉職した父の名誉を深く傷つけてしまったことが何よりも辛《つら》かった。生方の父親は、数々の伝説を持つ警視庁の名刑事だった。

四十代前半から迷宮入りした凶悪事件の専従捜査に携《たずさ》わっていた父は一家五人を惨殺《ざんさつ》し

た犯人を時効数日前に突きとめたのだが、運悪く相手に射殺されてしまった。九ミリ弾を三発も撃ち込まれた。ほぼ即死だった。

十五年近く逃げ回っていた殺人者は通行人たちに取り押さえられ、すべての犯行を素直に認めた。逃亡生活に疲れ果ててしまったのだろう。

亡父は青年のような熱血漢で、心から犯罪を憎んでいた。その一方で前科歴のある男女の更生にも情熱を注《そそ》いでいた。

生方は父の生き方に憧《あこが》れ、私大を卒業すると、迷うことなく警視庁採用の警察官になった。ノンキャリアながら、順調に昇進してきた。警部補になって間もなく、本庁捜査一課に配属になった。三十一のときだった。

わずか数年で、生方は五人の殺人犯を自分で検挙した。警部になったのは、三十四歳のときだった。スピード昇進である。

生方は同じ年に、三つ年下の女性と結婚した。だが、新妻は一年半後に病死してしまった。白血病だった。

いまも亡き妻と新婚生活を送った笹塚《ささづか》の賃貸マンションで暮らしている。間取りは2DKだ。

連絡係の三井刑事が場内に駆け込んできた。

生方は観客席の間を縫《ぬ》って、三井に歩み寄った。

「支配人、もぎりの女性、踊り子、ステージ・スタッフはもう押さえたな？」

「はい。志村《しむら》さんと井上《いのうえ》さんが全員を確保しました。劇場オーナーには電話をして、すぐ新宿署に来るよう言ってあります」

「そうか。山下と一緒に客たちに説教してから、リリースしてやってくれ」

「了解！」

三井が山下と手分けして、観客たちを説諭《せつゆ》しはじめた。どの客も一様《いちよう》にきまり悪げだった。だが、反省の色は見られない。

山下巡査長がアニータと戯《たわむ》れていた五十年配の男をステージから引きずり下ろした。前手錠を打たれている。

「この男、黙秘権を行使して、氏名すら明かそうとしないんですよ」

「そうか。とりあえず、ご苦労さん！」

生方は山下を犒《ねぎら》い、職人風の男に顔を向けた。すると、相手が先に口を切った。

「警察は野暮だね。踊り子たちは誰も本番ショーを強要されてるわけじゃないんだ。どの娘《こ》も割り切って、仕事をしてる。四ステージ本番をこなせば、一日で十数万の出演料《ギャラ》が入るからね。こんなことは、おたくらのほうがよく知ってるか」

「まあね。ほかの劇場《こや》でも、本番ショーの相方を務めたことがありそうだな」

生方は言った。

「ないとは言わないよ。けどさ、逮捕《パク》られたのは初めてなんだ。来月、結婚する娘には絶対に知られたくねえな」

「だろうね」

「それだから、名前も教えなかったんだ。男手ひとつでさ、五歳から育て上げた娘なんだよ。結婚相手は真面目な公務員なんだ。おれの不始末で破談になったら、娘に一生恨《うら》まれるからね」

「奥さんは亡くなったの？」

「女房は年下の職人に誘惑されて、その野郎と駆け落ちしちまったんだ。ひでえ女さ。自分が産《う》んだ子を棄《す》てて、色恋にうつつを抜かしちまったんだから。おれ、畳屋をやってるんだよ。勤め人だったら、とても娘を育て上げられなかったね」

「今夜のことは娘さんには伝えない。素直に取調べに応じてくれたら、書類送検だけで済むんだがな」

「そういうことなら、名前も住所も教えるよ」

男が言った。生方は山下に目配《めくば》せした。

山下が男を促《うなが》す。二人は、じきに場内から出ていった。生方は観客がいなくなってから、地下一階にあるストリップ劇場を出た。

夜気《やき》は凍《い》てついていた。足許《あしもと》から寒気が這い上がってくる。路上には、野次馬が群れていた。夥《おびただ》しい人数だった。

署のマイクロバスに目をやる。アニータたち四人の踊り子、畳屋、支配人、照明係、音響係、もぎりの中年女性などが乗り込んでいた。三人の部下も同乗している。

マイクロバスが走り去ると、灰色のマークIIが生方の前に停まった。

覆面パトカーだ。ハンドルを握っているのは三井だった。助手席には長谷部警部補が坐っている。

生方はマークIIの後部座席に腰を沈めた。すぐさま警察車は発進した。

新宿署は西新宿六丁目にある。青梅《おうめ》街道に面し、新宿大ガードから徒歩で数分の距離だ。

ほんのひとっ走りで、署に着いた。すでにマイクロバスの中は空だった。

生方は二人の部下とともに車を降り、エレベーターに乗り込んだ。生活安全課は四階にある。

総署員数は、およそ六百人だ。本庁機動捜査隊初動班のメンバーも常駐している。署長と副署長がいて、警務課、会計課、警備課、刑事課、生活安全課、交通課、警邏《けいら》課の七課がある。約三十人が婦人警官で、会計課の二十数名は一般職員だ。

生活安全課はかつて防犯部という名称で呼ばれ、風俗営業の取り締まりや少年補導に当たっている。殺人など凶悪犯罪の捜査を担《にな》っている刑事課と違って、華やかさとは無縁だ。

生方は刑事部屋に入ると、箱崎義海《はこざきよしみ》課長の席に歩を進めた。

四十一歳の課長は有資格者《キャリア》の警視だ。しかし、エリート意識をちらつかせるタイプではない。ただ、いかにも行政官らしく、現場捜査には疎《うと》かった。それだからか、たまにピント外れの指示を与えたりする。

生方は摘発が無事に完了したことを箱崎課長に報告し、同じフロアにある取調室に足を向けた。

舞台《ステージ》でアニータと淫《みだ》らな行為に耽《ふけ》った畳屋は取調室2にいた。スチール・デスクを挟んで、山下刑事と向かい合っていた。隅《すみ》のパソコン・デスクの前には記録係の三井が坐っている。

生方は三井刑事の肩越しにパソコンの画面を覗《のぞ》き込んだ。

畳屋は曽根恒夫《そねつねお》という名で、五十四歳だった。店舗兼住居は中野区上高田二丁目にあった。OLをしている娘は二十六歳だ。

「取調べに協力してくれるんだな」

生方は曽根に笑いかけた。

「あんたの言葉を信じて、喋《しゃべ》る気になったんだ。だからさ、ちゃんと約束は守ってほしいね」

「ああ、わかってる。それはそうと、おたくは他人《ひと》に秘めごとを見られるのが好きなのかな？」

「ばか言うねえ。畳の注文が年々減ってるから、ソープで遊ぶ金もなかなか捻出《ねんしゅつ》できないんだよ。情けない話だけどさ」

「そうだったのか」

「本番ショーのパートナーになれば、只《ただ》でナニできるからね。ちょっと恥ずかしいけどさ。タイやフィリピンのストリッパーとはステージでいいことをしてるんで、一度、南米育ちの白人とセックスしてみたかったんだよ。それで、真っ先に舞台に上がっちゃったわけさ」

「で、どうだった？」

「アニータは腰の使い方が上手だったよ。けど、下の部分はちょっと緩《ゆる》めだったね。それでもさ、もう少しで射精するとこだったんだ。どうせなら、終わってから、ストップをかけてくれりゃよかったのに」

「あんた、ちっとも懲《こ》りてないな。拘置時間ぎりぎりまで留置するぞ」

山下が曽根を睨《にら》んだ。曽根が首を竦《すく》めて、舌の先を出した。

「書類送検の手続きを頼んだぞ」

生方は山下に言って、取調室2を出た。

隣の取調室1に移ると、長谷部がアニータを取り調べていた。供述調書係は井上だった。

「どうだ?」

生方は長谷部警部補に訊《き》いた。

「本番ショーをやったことはすんなりと認めましたが、ちっとも悪いとは思ってないみたいですね。それどころか、アニータは東京の警察は人情味がないと文句を言ってるんですよ」

「どういうことなんだ?」

「アニータは去年の夏まで大阪の曽根崎署管内のストリップ劇場で毎日五、六人の客と本番ショーをやってたらしいんですけど、手入れがあっても説諭処分で済んでたそうなんです」

「その話、嘘じゃない」

アニータが生方を見ながら、たどたどしい日本語で言った。目鼻立ちは整っているが、肌理《きめ》は粗《あら》かった。

「東京には、東京のやり方があるんだ」

「大勢のお客さんがいる前でセックスすること、恥ずかしいね。だけど、わたし、本番ショーしないと、とても困るよ」

「なぜだい？」

「わたしが日本でたくさん稼がないと、弟と妹、学校に行けない。食事も一日三回は摂《と》れないね」

「親父《おやじ》さんはいないのか？」

「そう。わたしが十四のとき、事故で死んじゃった。母さん、体が丈夫じゃない。だから、働きに行けないの」

「きみの収入が一家を支《ささ》えてるんだろうが、日本にいる間はこっちの法律に従ってもらわないとな」

「新宿署の刑事さん、なんか冷たいよ。日本はリッチだけど、一日一ドルで暮らしてる人たちが世界中に何千万人もいるね。法律に縛《しば》られてたら、貧乏な人は次々に飢え死にしちゃうよ」

「それはわかるが……」

「あなた、わかってないよ。わたしの弟、パンが買えないときは野草を食べてるね。それ、とっても惨《みじ》めなことよ」

「とにかく、しばらく本番ショーを慎《つつし》んでくれ。ところで、興行ビザの期限は切れてないな？」

「それは大丈夫！　わたし、オーバーステイじゃないよ。オーバーステイでチリに強制送還されたら、わたしの家族、生きていけなくなるからね」

「明日の午後には釈放してやる」

生方はアニータに言って、取調室1を出た。

支配人、照明係、音響係、もぎりの中年女性が廊下に並んでいる。四人のそばには、志村刑事が立っていた。ペルー人とコロンビア人の二人の踊り子は、それぞれ取調室の中にいるはずだ。

（早く取調べを済ませて、馴染《なじ》みのピアノ・バーで寛《くつろ》ぎたいもんだ）

生方は胸底《きょうてい》で呟《つぶや》き、取調室3のドア・ノブに手を伸ばした。

2

客引きたちが散った。

五人だった。彼らは近くの暗がりに身を潜《ひそ》めた。

そのうちのひとりは、大柄な黒人だった。ナイジェリア・マフィアの一員だ。

生方は新宿区役所の裏通りを大股で進んでいた。

桜《さくら》通りである。通りの両側には飲食店が連《つら》なり、個室ビデオやアダルト・ショップもあった。キャッチ・バーも多い。

物陰に逃げ込んだ五人は、いずれも暴力バーの客引きだ。彼らは泥酔したサラリーマンや遊び馴《な》れていない地方出身者を言葉巧《たく》みに店に誘い込み、法外な勘定を請求している。相手が支払いに応じないと、店内に閉じ込めて威《おど》す。そうしてビール一本で四、五万円をぼったくっているわけだ。

「もうカモなんかいないから、早いとこ家《ヤサ》に帰れや」

生方は顔見知りの客引きに声をかけ、足を速めた。午後十一時近い時刻だった。

桜通りを道なりに進むと、花道《はなみち》通りにぶつかる。生方は花道通りを左に曲がり、五軒目のバー・ビルに足を踏み入れた。

行きつけのピアノ・バー『ソナタ』は四階にある。生方はエレベーターで、四階に上がった。

馴染みの酒場のドアを引くと、『ムーン・リバー』が流れてきた。

奥に置かれたピアノに向かっているのは、高見沢亜希《たかみざわあき》である。フリーのピアノ演奏家だ。

二十七歳の亜希は女優のように美しい。聡明でもあった。

亜希は数年前から、この店で週に三日、ピアノ演奏をしている。レパートリーはクラシック、ジャズ、ポップス、シャンソンと幅広い。

亜希は札幌出身である。東京の音大を卒業してから、定期的にピアノ・コンサートを開いている。コンサートを催《もよお》すには、それ相当の費用がかかる。

そのため、亜希はホテルのバー、クラブ、結婚式場などでピアノの生演奏をし、さらに個人レッスンもこなしていた。年中無休に近い状態で働き、生活費とコンサート費用を捻《ねん》出《しゅつ》している。

店の右側に五つのボックス・シートがある。満席だった。常連客たちが若いホステスと談笑している。

生方は先客たちに目礼し、ピアノに近いカウンター席に坐った。亜希が生方に気づき、小さくほほえんだ。生方は目で笑い返し、キャビンをくわえた。

「いらっしゃいませ」

バーテンダーの家弓保《かゆみたもつ》がにこやかに言い、手早くスコッチ・ウィスキーの水割りを作った。銘柄はオールド・パーだった。

三十五歳の家弓は、元放送作家だ。二十代の前半からテレビの旅番組やクイズ番組の構成台本を書いていたのだが、某民放局の大物プロデューサーと仕事のことで対立し、三年前に業界から追放されてしまったのだ。

それ以来、オーナー・ママである実姉の店で働いている。ママの律子《りつこ》はちょうど四十歳だ。独身のころは小劇団の看板女優だった。夫の真木諒太《まきりようた》は翻訳家だが、あまり売れていない。

「こないだママから聞いたんだが、小説を書きはじめてるんだって?」

生方は家弓に話しかけた。

「ええ、まあ。でも、なかなか筆が進まなくて……」

「チャールズ・ブコウスキーの小説を高く評価してたよな。ああいう作風の小説を書いてるのかな?」

「そんな芸当はできませんよ。犯罪小説にチャレンジしてるんですが、途中で挫折《ざせつ》しそうです。なにしろ文才がありませんからね」

「元放送作家なんだから、小説も書けるんじゃないのか」

「ぼくはドラマ作家だったわけじゃないから、どうもストーリー・テリングに技《わざ》がないんですよね」

「そう弱気にならないで、最後まで書き上げてみなよ」

「ええ、頑張ってみます」

家弓が自分を奮《ふる》い立たせるように声に力を込めた。

生方は短くなった煙草《たばこ》の火を揉《も》み消し、グラスを傾けた。家弓がミックス・ナッツの入ったオードブル・カップを生方の前に置き、白いピアノに目を向けた。

「亜希ちゃんのサウンド、急に生き生きとしてきましたね。待ちわびてた生方さんが店に現われたせいだろうな」

「何を言い出すんだ。おれは彼女のピアノ演奏に魅《み》せられてるだけで、特別な感情なんか懐《いだ》いてない」

「そうですかね。亜希ちゃんも生方さんも惹《ひ》かれ合ってるように見えますけど」

「仮にそうだったとしても、彼女はおれよりもひと回りも若いんだ。恋愛の対象にはならないよ」

「そんなことはないでしょ。恋愛に年齢差は関係ありませんよ。現に十歳、二十歳離れてるカップルはいくらもいますからね」

「そうだが、おれは一度結婚してるからな」

「そのこともハンディにはなりませんよ。亜希ちゃんは生方さんに惚《ほ》れてると思うな。一度、デートに誘ってみたら？」

「彼女は、谷間の百合《ゆり》でいいんだ」

「やっと白状しましたね。やっぱり、生方さんは彼女のことを憎からず想《おも》ってたんだ」

「好感は持ってるが、いわゆる恋情ってやつじゃないよ。妹みたいに感じてるんだ」

「生方さんは案外、臆病《おくびよう》なんだな。亜希ちゃんが店に出てる月水金にはまず通ってくるんだから、彼女だって、生方さんの胸の熱い想いは感じ取ってますよ。あれだけの美人なんだから、もたもたしてると、ほかの男に先に奪《と》られちゃうんじゃないかな」

「それなら、それでもいいさ」

「強がっちゃって」

家弓が笑顔で言って、別の常連客の前に移った。いつしか曲は、『サマータイム』に変わっていた。

店に来るたびにリクエストしているナンバーだった。生方は亜希に視線を向けた。亜希が白いしなやかな指を鍵盤に踊らせながら、にっこりと笑った。匂うような微笑だった。

生方はグラスを軽く掲《かか》げた。

「いいムードじゃないの。沈黙のラブ・メッセージね」

背後で、ママの律子が茶化した。

「からかわないでくれよ」

「生方ちゃん、何をためらってるの？　亜希ちゃんが好きなんでしょ？」

「好きは好きだが、恋愛感情とは違うんだ」

生方は答えた。

律子が微苦笑《びくしょう》して、かたわらのストゥールに腰かけた。黒いドレスが似合っている。派手な顔立ちで、背が高い。色気もある。

「何年か前に亡くなった奥さんだって、あの世で生方ちゃんが再婚することを願ってるんじゃない？」

「独り暮らしは気楽だから、特に再婚したいとも思わないんだ」

「もしかしたら、亜希ちゃんの職業のことがネックになっちゃってる？」

「ネック？」

「そう。ほら、警察官の場合、結婚相手の職歴や身内の過去まで厳しく調べるって話よね。相手が堅気の仕事をしてなかったり、縁者に組員や思想犯がいたら、結婚できないんでしょ？」

「警察社会にそういう時代遅れな慣習というか、不文律《ふぶんりつ》があることは確かだよ。そうしたルールを破ったら、出世に響いたりする。しかし、おれはそんなことは気にしない。たとえ上司に忠告されたって、結婚したいと思う相手がいたら、一緒になるよ」

「ええ、生方ちゃんは腰抜けなんかじゃないわよね。だったらさ、亜希ちゃんにアタックしなさいよ」

「さっき弟さんにも言ったんだが、彼女のことは妹のように思ってるだけなんだ」

「嘘つき！ わたしは、十年以上も水商売をしてきたのよ。生方ちゃんは間違いなく、亜希ちゃんを特別な異性と意識してるわ。亜希ちゃんのほうも同じね。あなたたちを見てると、わたし、なんだかもどかしくなっちゃうの。なんなら、わたしが恋のキューピッドになってもいいわよ」

「余計なことはしないでくれっ」

　思わず生方は、語気を荒らげてしまった。

「あら、怖い！」

「すまない。つい感情的になってしまったんだ」

「亜希ちゃんを永遠のマドンナにしておきたいのね。大人同士のプラトニック・ラブも素敵だな。恋愛の極致《きよくち》かもしれないわ、メンタルな結びつきだけで慕《した》い合うのは」

「そうだね。男女の仲になったら、きれいごとだけじゃ済まなくなってくる。生身の人間が本音をぶつけ合えば、感情の擦《す》れ違いが生まれるからな」

「ええ、その通りよね。その結果、二人の間に溝ができて、最悪の場合は絆《きずな》も切れてしまう。永遠《とわ》の愛があるとすれば、プラトニック・ラブだけなんじゃない？」

「おれも最近は、そんなふうに思いはじめてるんだ。少々、自虐的《じぎやくてき》な恋愛観かもしれないが」

「生方ちゃんがそう考えてるんだったら、もうお節介《せつかい》はやめるわ。弟もあなたたち二人をくっつけたがってるようだから、それとなく諭《さと》しておくね。ごゆっくり！」

律子が立ち上がり、ボックス席に移動した。

生方はグラスを空け、お代わりをした。ママの実弟は何かを察したらしく、無言で二杯目の水割りをこしらえた。

その気配りはありがたかった。口にこそ出したことはなかったが、生方は一年あまり前から高見沢亜希に心を奪われていた。

しかし、胸の想いを打ち明ける気はなかった。亜希は世界を股にかけた一流のピアニストになることを夢見ていた。一途《いちず》に夢を追いかける姿は清々《すがすが》しい。四十近い自分には、そういう情熱はなかった。

それだけに、亜希にはいつまでもドリーマーでありつづけてほしいと願う気持ちが強い。彼女と再婚できたら、日々に張りが生まれるだろう。しかし、亜希の夢は潰《つい》えることになるにちがいない。

そんな惨《むご》いことはしたくなかった。生方は、この先も亜希に求愛する気はなかった。遠くで彼女を見守るだけで充分だ。

ラスト・ナンバーは、『ラバーズ・コンチェルト』だった。亜希は流麗《りゅうれい》なタッチで美しい旋律を弾き、最後の演奏を終えた。

店内に熱い拍手が鳴り響いた。生方も手を叩いた。

亜希が深く腰を折り、ピアノから離れた。

彼女はまっすぐ生方に歩み寄ってきた。

「今夜は、もういらっしゃらないと思ってたんですよ」

「手入れがあったんで、いつもの時間に来られなかったんだ。おれの好きな『サマータイム』を弾いてくれて、ありがとう！」

「どうでした？」

「いつものことだが、なんか心洗われたよ」

「よかったわ。それはそうと、この後《あと》、何か予定があるんですか？」

「別にない。閉店になったら、笹塚の塒《ねぐら》に帰ろうと思ってたんだ」

「それなら、わたしの相談に乗ってもらえます？」

「金なら、少しぐらい回せる」

生方は声を低めた。

「お金に困ってるわけじゃないんです。兄のことで、ちょっと相談したいんですよ」

「お兄さんは、確か北海道タイムスの社会部記者だったね？　名前は高見沢友樹《ともき》で、三十四歳だったかな？」

「そうです。生方さんは記憶力がいいのね」

「きみから聞いた話は、なぜかたいてい憶《おぼ》えてるんだ」

「嬉しいわ。このビルの並びに『磯定《いそさだ》』という居酒屋があるんですけど、知ってます？」

「入ったことはないが、知ってるよ。午前二時まで営業してるんじゃなかったかな？」

「ええ、そうです。急いで着替えをしますんで、先に『磯定』に行っててもらえますか？」

「わかった」

「それでは、また後《あと》で」

亜希が奥の更衣室に向かった。

生方は勘定を払い、ひと足先に『ソナタ』を出た。目的の居酒屋は、バー・ビルの七軒先にあった。

生方は店内に入った。右手にL字形のカウンターがあり、左側は小上《こあ》がりになっていた。

間口《まぐち》は、それほど広くない。ごくありふれた居酒屋だった。

座卓が五卓あるが、小上がりに客の姿は見当たらない。

生方は店の従業員に後《あと》から連れが来ることを告げ、小上がりの最も奥の座卓に落ち着いた。芋焼酎《いもじょうちゅう》のお湯割りと数種の酒肴《しゅこう》を注文し、紫煙《しえん》をくゆらせはじめた。

カウンター席の客の大半は、仕事帰りのホステスのようだった。数人のグループばかりだ。

お湯割りと突き出しの小鉢《こばち》が届けられたとき、亜希が店にやってきた。

黒いカシミヤのタートルネック・セーターの上に、キャメルのウール・コートを重ねている。下は白っぽいスカートだ。

客や従業員の目が相前後して、亜希に注《そそ》がれた。美貌が人目を惹《ひ》くのだろう。生方は、なにか誇らしい気分になった。

「無理を言って、ごめんなさい」

亜希がスエードの狐色のロング・ブーツを脱ぎ、生方の前に坐った。女坐りだった。色っぽい。

生方は片手を挙げた。

アルバイトらしい青年がオーダーを取りにきた。亜希はカシス・オレンジを頼んだ。飲み物と肴《さかな》が運ばれてくるまで、生方たちは雑談を交わした。

「全国紙には載《の》らなかったんで、生方さんはご存じないでしょうけど、一週間前に兄の友樹が婦女暴行容疑で逮捕されて、きのうから札幌郊外の拘置所に収監されてるんです」

亜希が意を決したような面持《おもも》ちで切りだした。

「ほんとなのか⁉」

「はい。わたし、兄は無実だと信じてます。新婚間もなく兄がキャバクラ嬢の自宅マンションに押しかけて、その彼女を力ずくで犯したなんて考えられませんから」

「その事件のことをもっと詳《くわ》しく話してくれないか」

生方は早口で言った。

亜希が事件のあらましを語った。被害者は札幌市内にあるキャバクラ『エンジェル』のホステスで、川路奈々《かわじなな》、二十二歳だ。八日前の夜、初めて店に来た高見沢友樹にしつこく口説《くど》かれたが、奈々ははっきりと拒絶した。

すると、高見沢は店の前で奈々を待ち伏せして、彼女の自宅マンションに押し入った。そして、奈々の身を穢《けが》した。それが被害者の供述だったという。

「被害者は警察でそう訴えたらしいんですけど、兄は川路奈々に麻薬密売組織のことを教えてやると彼女の自宅マンションに誘い込まれて、強力な睡眠導入剤入りのコーヒーを飲まされ、不覚にも寝入ってしまったと主張してるんです」

「話がまるっきり喰《く》い違ってるな」

「ええ、そうですね。兄がめざめると、全裸の被害者はベッドの上で泣いてたそうです。そのとき、兄はトランクス姿にされてたというんですよ。トランクスには、ルージュが付着してたらしいんです。それで、警察は犯行中に被害者の口紅が兄の下着にくっついたと判断したみたいですね」

「被害者の体内には、お兄さんの体液が認められたんだろうか」

「兄はA型なんですが、被害者の体内から同じ血液型の精液が検出されたそうです」

「しかし、それだけでは決め手にならないよ。ずさんな捜査をしてるな。DNA鑑定の結果は？」

「警察は、なぜかDNA鑑定の結果には触《ふ》れようとしないらしいんです。何か裏がありそうなんですよ。刑事さんにこんなことを言うのは失礼でしょうが、兄は北海道警の関係者が仕掛けた罠《わな》に嵌《は》まってしまったのかもしれません」

「何か思い当たることがあるんだね？」

　生方は訊《き》いた。

「はい。生方さんは当然、ご存じでしょうが、北海道タイムスは二〇〇四年に北海道警が組織ぐるみで裏金づくりをしてることをスクープしたんです」

「そのことは鮮明に記憶してるよ。道警は内部調査の結果、約九億二千万円の税金を詐取《さしゅ》した事実を認め、およそ三千人の道警職員を処分したはずだ」

「ええ、そうですね。兄たちの告発キャンペーンがきっかけになって、高知県警、愛媛県警、兵庫県警、京都府警などで同様の不正支出が発覚して、社会問題になりました」

「そうだったな。捜査費は国費で賄《まかな》われ、捜査用報償費は各都道府県が負担してるんだよ。身内をかばうようだが、どちらも予算は少ない。だから、現場の捜査員たちは自腹で捜査情報を集めたりしてるんだ。そんなことで、架空の捜査協力者に謝礼を払ったことにして、裏金を捻《ひね》り出す警察署が出てきたんだよ」

「そうみたいですね」

「プールした裏金が足りない捜査費に回されたんなら、まだ救いはあったんだ。しかし、実際には裏金の大半は警察幹部たちの飲食代や署長クラスの餞別《せんべつ》に遣《つか》われてた。だから、内部告発者が続出して、警察の組織ぐるみの裏金づくりが暴《あば》かれてしまったんだ」

「そうなんでしょうね。北海道タイムスが道警の不正をペンで告発して、はや三年半が過ぎました。それで兄の勤める新聞社は全道民オンブズマンと協力し合って、〝道警のその後〟と銘打った追跡特集記事の取材を開始したんです。兄が暴行魔として逮捕されたのは、その矢先のことなんですよ」

「ただの偶然とは考えにくいな」

「ええ。わたしは、追跡取材を恐れた道警が社会部記者のひとりである兄を犯罪者に仕立てて、北海道タイムスに裏取引を持ちかける気なんではないかと推測したんですけど、リアリティがないでしょうか？」

亜希が問いかけてきた。

「いくら何でも道警は前回のことで懲《こ》りたはずだから、同じ過《あやま》ちを繰り返してるとは思えないな。しかし、仮に組織ぐるみで裏金づくりを再開してるんだとしたら、きみの兄さんは道警の致命的な弱みを押さえたのかもしれない」

「そうなんでしょうか?」

「兄さんから何か預かってくれと頼まれたことはないかい? たとえば、メモリースティックごとデジタル・カメラかボイス・レコーダーをしばらく保管してもらえないかとか……」

「そういうことは一度もありません」

「そうか。お兄さんに脅迫状が届いたなんて話も聞いてない?」

「はい」

「弁護士は国選だったのかな?」

「いいえ。札幌にオフィスを構えてる及川恵介《おいかわけいすけ》弁護士に兄の弁護を依頼してあります。及川先生は四十三歳なんですが、道内では人権派弁護士として知られてるんです。水島肇《みずしまはじめ》という調査員の方は元検察事務官らしいんで、わたしがお願いに行ったんですよ」

「そう。実家のご両親は、お兄さんのことはどう思ってるのかな?」

「もちろん、父母とも兄の無実を信じてます。定年退職した父は退職金をそっくり吐き出してでも兄を支《ささ》えつづけると言ってるんですけど、両親は年金生活をしてるんです。だから、わたしが頑張って、弁護費用の半分は負担するつもりでいるんです。来週から、もう二人ばかり個人レッスンを増やそうと思ってるの」

「偉いな。しかし、あまり無理をすると、きみが倒れることになるぞ」

「気が張ってるから、病気で倒れるようなことにはならないと思います。そんなことで、道警を怪しんでるんですけど、警察庁の監察官に知り合いの方はいないでしょうか？」

「いることはいるが、道警はもうクリーンになってると思いたいんだ。しかし、疑いたくなるような状況だよな。身内を告発するようなことはしたくないが、きみの力にもなってあげたいとは考えてる」

「このまま兄がレイプ犯にされてしまったら……」

「真相は明らかにしなくてはな。わかった、おれが非公式にレイプ事件の背景を探《さぐ》ってみてやろう」

生方は苦渋の選択をした。成りゆきから、傍観《ぼうかん》はできなくなったのである。真実を知りたいという職業意識もあった。

「でも、ご迷惑でしょ？　場合によっては、北海道警を敵に回すことになるかもしれないわけですから」

「たとえ身内でも、大きな犯罪には目をつぶれないさ」

「それなら、お願いしようかしら？」

「どこまで真相に迫れるかわからないが、やれるだけのことはやってみる」

「よろしくお願いします。そういうことなら、明日の午後五時にわたしのマンションに来ていただけますか。及川法律事務所から届いた報告書に一度、目を通していただきたいんです」

亜希がハンドバッグから手帳を取り出し、自宅の住所を書きはじめた。

生方は焼酎のお湯割りに手を伸ばした。

3

夕闇が濃い。

まだ午後五時前だが、外は暗かった。

五、六分前に職場を出た生方は、西新宿四丁目の住宅密集地を歩いていた。高層ビル群に取り囲まれた地区だった。低層マンション、オフィス・ビル、民家、商店が混然と連《つら》なっている。

生方はデパートの紙袋を提《さ》げていた。中身はバター・クッキーだった。手土産《てみやげ》である。『磯定』を出たのは、午前一時過ぎだった。生方はタクシーで亜希を自宅マンションに送り届けるつもりでいた。しかし、亜希は遠慮して、自分で空車を拾った。

別に下心があったわけではなかったが、生方は何か物足りなかった。一分でも長く亜希と一緒にいたかったからだ。

生方はタクシーで帰宅してても、すぐには寝つけなかった。居酒屋で亜希と交わした遣《や》り取りを頭の中で幾度も反芻《はんすう》し、余韻《よいん》に浸った。

いわゆるデートではなかったが、亜希と二人きりで話したのは初めてのことだった。相談された内容は明るいものではなかった。道警に疑いの目を向けることは気が重い。しかし、何か不正があるとしたら、決して目を背《そむ》けてはいけないとも思う。

生方は不謹慎《ふきんしん》だと思いつつも、亜希と向かい合っている間、ずっと気分が浮き立っていた。彼女の色っぽい仕種《しぐさ》にどぎまぎもした。胸のときめきさえ覚えた。

（浮かれてる場合じゃないな。彼女は深刻な悩みを抱えてるし、おれは道警の暗部を暴《あば》かなければならなくなるかもしれないんだ）

生方は自分を窘《たしな》め、歩度を速めた。

少し先に目的の『西新宿コーポ』があった。三階建てのミニマンションだ。亜希の部屋は二〇二号室だった。

生方はミニマンションの階段を上がり、二〇二号室の前に立った。室内には電灯が点《つ》いていた。

生方はインターフォンを鳴らした。

応答はなかった。亜希は手洗いにでも入っているのか。もう一度、チャイムを響かせる。やはり、スピーカーは沈黙したままだ。

「亜希ちゃん、おれだよ」

生方はドア越しに呼びかけながら、何度かノックした。だが、返事はない。近くに買物に出たのだろうか。生方はノブに手を掛けた。ロックはされていなかった。

「お邪魔するよ」

生方は声をかけながら、部屋のドアを開けた。奥の居室《きょしつ》からテレビの音声が洩《も》れてくる。部屋の主は、うたた寝をしているようだ。

「亜希ちゃん、上がらせてもらうぜ」

生方は靴を脱いで、玄関マットを踏んだ。

そのとき、キッチンの床に靴の痕がくっきりと付着しているのに気がついた。男物の靴痕だろう。サイズは二十六センチぐらいか。

生方は何か悪い予感を覚えた。亜希の名を呼びながら、奥の部屋に入る。

六畳ほどの広さで、左の壁際にシングルベッドが据《す》えられている。少し捲《めく》れ上がった縞模様のベッド・カバーの上に、亜希が斜めに横たわっていた。

仰向けだが、少し顔を傾けている。手提げ袋を足許に置く。

亜希は微動《びどう》だにしない。ほっそりとした首には、白い樹脂製の紐《ひも》が深く喰い込んでいる。タイラップだ。

本来は電線や工具を束《たば》ねるときに用いる紐だが、犯罪者たちには手錠代わりに使われていた。タイラップの強度は針金並だ。

(なんてことなんだ……)

生方は亜希の右手首に触《ふ》れた。かすかな温《ぬく》もりは伝わってきたが、脈動は静止していた。

着衣は乱れていた。

ベージュのセーターは鳩尾《みぞおち》のあたりまで捲《まく》り上げられ、シャツブラウスの裾がジーンズから覗いている。ジーンズのファスナーが引き下ろされ、花柄のショーツがほんの少し見える。

犯人はレイプ目的で亜希の部屋に侵入したようだ。しかし、被害者に騒がれて、パニックに陥《おちい》ったのだろう。そして、持っていたタイラップで亜希を絞殺したと思われる。

せめてジーンズのファスナーを閉めてやりたいが、事件現場はそのままにしておかなければならない。

生方は立ったまま、そっと合掌した。およそ現実感がなかった。亜希が絶命していることは疑いようのない事実だったが、まだ悲しみはさほど感じない。

合掌を解《と》いたとき、ベランダ側の厚手のカーテンが勢いよく横に払われた。殺人犯はまだ室内に潜《ひそ》んでいたらしい。

生方は振り返ろうとした。

そのとき、後頭部を鈍器で強打された。ブラックジャックで殴られたようだ。

頭の芯《しん》が白く霞《かす》んだ。生方は床に片膝を落とした。

ほとんど同時に、首筋に何か金属を押し当てられた。放電音が耳を撲つ。

生方は熱感と痺《しび》れに見舞われた。すぐに意識がぼやけ、前のめりに倒れた。

どうやら高圧電流銃《スタンガン》の電極を首筋に押し当てられ、強力な電流を送られたようだ。襲撃者が屈《かが》み込む気配が伝わってきた。

生方は起き上がりたかった。しかし、体に力が入らない。

気が遠くなったとき、生方は何かを摑《つか》まされた。紐状の物だった。次に鍵を握らされた。そのすぐあと、意識が途《と》切《ぎ》れた。

我に返ったのは、数分後だろうか。

生方はフローリングに腹這《ば》いにさせられ、後ろ手錠を掛けられていた。犯人に携帯していた手錠を奪われてしまったのだろう。

生方は這いつくばった状態で、視線を泳がせた。居室の入口に、茶色のワーク・ブーツが見える。生方は目の位置を上げた。

一瞬、わが目を疑った。居室とダイニング・キッチンの間に突っ立っていたのは、なんと押尾和博だった。二年数カ月前、女子大生殺しの重要参考人として別件逮捕した男だ。

押尾は黒いニット帽を被《かぶ》り、厚手のバルキー・セーターの上に黒いダウン・パーカを羽織《はお》っていた。下は白っぽいチノクロス・パンツだ。両手にはスエードの黒い革手袋を嵌《は》めている。

「おまえが高見沢亜希を殺したんだなっ」

生方は言った。

「おれに濡れ衣を着せる気かよ!」

「何を言ってるんだ⁉」

「おれは見てたんだよ。あんたがベッドの女をレイプし損《そこ》なって、タイラップで絞め殺すとこをな」

「ふざけるな!」

「おれは事実を喋ってるだけさ」

押尾が言って、にやりとした。

「二年数カ月前の件で、このおれを恨《うら》んでるんだな。それで、おれに罪を被せる気になったんだろうが！」

「被害妄想だな。おれは知人に美人ピアニストのことを教えられて、個人レッスンをお願いしに来たんだよ。おれ、ガキのころ、ちょっとピアノを習ってたんだ。でも、覚えが悪かったんで、半年ぐらいでやめちゃったんだよ。そんなことはどうでもいいな。おれがこの部屋を訪ねたら、奥で人が揉《も》み合う音がしてたんだ。それで、そっと部屋の中に入ったんだよ」

「先をつづけろ」

「あんたは高見沢亜希をベッドに押し倒して、着てる物を脱がそうとしてた。おれは事の成りゆきを見届ける気になって、抜き足でベッドの脇を抜け、ドレープ・カーテンの向こうに隠れたんだよ」

「でたらめを言うなっ」

「あんたは亜希に激しく抵抗されたんで焦《あせ》って、隠し持ってた樹脂製の紐でピアノ演奏家の首を……」

「そうしたのは、おまえだろうが！」

「刑事は他人《ひと》を疑うことが仕事なんだろうが、やたら犯罪者扱いするのはよくないな。おれは女子大生殺しの重要参考人扱いされたんで、人生のシナリオが狂っちまった。おふくろが死を選んだのも、あんたの勇み足のせいだ。あんたがスキャンダル記事を売り物にしてる夕刊紙におれのことをリークしたんだろっ」

「違う。おれじゃない」

「それじゃ、いったい誰が夕刊紙の記者に女子大生を殺したのは、美容研究家の押尾翠の倅《せがれ》かもしれないなんて話を流したんだ？」

「警察関係者は誰もリークなんかしてないはずだ。渋谷署に出入りしてる警察《サツ》回りの新聞記者が臆測《おくそく》で喋った話が例の夕刊紙の記者に洩れ伝わったのかもしれない」

「うまく逃げやがったな。ま、いいさ。あんたは亜希殺しの犯人として、じきに逮捕《パク》られることになるわけだからな」

「おまえが腰の手錠入れから手錠《ワッパ》を抜いて、おれの両手の自由を奪ったんだな？」

「そうだよ。あんたに逃げられたら、殺された美人ピアニストは浮かばれないからね」

「おまえは最初っから、このおれを陥れるつもりだったんだなっ。いつごろから、おれの私生活を調べてたんだ？」

「あんたをこの部屋で見かけたのは、単なる偶然だよ。自殺したおふくろの怨念が、きょうの偶然を作ってくれたんだろうな」

「本庁の捜一時代に見込み捜査したことで、おまえには迷惑をかけたと思ってる。おふくろさんの焼香はさせてもらえなかったが、償《つぐな》う気持ちはあったんだ。自分の過失は一生、背負っていくつもりだよ」

「善人ぶりやがって。冗談じゃねえや」

「早とちりで、おまえに申し訳ないことをした。赦《ゆる》してくれ」

生方は謝罪した。

「それで済むと思ってんのかっ」

「どうしろと言うんだ？」

「ピアニスト殺しで刑務所にぶち込まれたら、てめえで死ぬんだな」

「おれは誰も殺してはいない」

「白々しいぜ」

押尾が怒声を放ち、勢いよく走り寄ってきた。

数秒後、生方は脇腹を思い切り蹴られた。息が詰まった。口から呻き声も洩《も》れた。

「てめえなんか死んじまえ！」

押尾が言い捨て、二〇二号室から飛び出していった。

生方は両腕を動かし、腰の手錠ケースを探った。ケースの底にあるはずの鍵はなくなっていた。押尾が持ち去ったのか。

後ろ手錠を掛けられたままでは、事件の通報もできない。生方は横に転がり、なんとか上体を起こした。

ベッドに体半分を預け、反動をつけて立ち上がる。居室からダイニング・キッチンを抜け、玄関の三和土《たたき》で靴を履《は》いた。

生方は二〇二号室を出て、左隣の二〇一号室のインターフォンを顎先《あごさき》で押した。室内でチャイムが鳴っているが、なんの応答もない。

生方は二〇三号室に歩《ほ》を運び、さきほどと同じ方法でインターフォンを鳴らした。

ややあって、若い女性の声がスピーカーから流れてきた。

「どなたでしょうか？」

「わたし、新宿署生活安全課の生方といいます。二〇二号室で事件が発生したんですが、犯人と思われる男に手錠を奪われて、両手が使えなくなってしまったんですよ」

「あら、大変！　いま、ドアを開けます」

「ご迷惑をかけます」

生方は数歩退《さ》がった。

待つほどもなく、二〇三号室のドアが開けられた。姿を見せたのは、二十六、七の丸顔の女性だった。

「わたし、どうすればいいんでしょう？」

「一一〇番してもらえますか？」

「わかりました」

「警視庁通信指令室につながったら、わたしのどちらかの耳に携帯電話かコードレス・テレフォンを当ててください。事件のことは、わたし自身が話しますから」

「そうですか。いま、携帯を取ってきますね」

部屋の主が奥の部屋に走り、ほどなく玄関先に戻ってきた。彼女は数字キーを三度押し、携帯電話を生方の左耳に押し当てた。

「事故ですか？　事件でしょうか？」

本庁通信指令室の男性オペレーターが落ち着き払った声でたずねた。

生方は身分を明かし、殺人事件が発生したことだけを伝えた。すぐさま本庁機動捜査隊初動班と所轄の新宿署刑事課の者を事件現場に急行させるという。

生方は通話を切り上げると、二〇三号室の居住者に礼を述べた。

「二〇二号室で何が起こったんですか？」

「高見沢さんが室内で殺されてたんですよ」

「えっ、信じられなーい！　なぜなんですか？」

「それは、まだわかりません。しかし、犯人の見当はついてます。その男がわたしに後ろ手錠を掛けて逃走したんです」

「隣の高見沢さんは、誰かに恨まれるような女性じゃないのに。彼女、誰にも親切だったんですよ」

「失礼ですが、あなたは？」

「千坂茜《ちさかあかね》といいます。通販会社でパソコン・オペレーターをやってるんですけど、きょうは有給休暇を取ったんです」

「そうですか。午後四時前後に二〇二号室で人が争うような物音はしませんでした？」

「わたし、午後二時過ぎからヘッドホンをつけて、少し前までCDを聴《き》いてたんですよ。だから、隣の物音はまったく耳に入ってきませんでした。CDを聴く前は、高見沢さんのお部屋は静かでしたよ」

「そう。ずっと部屋でCDを聴いてたんなら、二〇二号室から逃げた黒いニット帽の男の姿は見てないんだろうな」

「はい。その男が犯人なんですね？」

「まだ断定はできないんだが、容疑は濃いんだ」

「動機はなんであれ、高見沢さんみたいな優しい女性を殺すなんて、人間じゃないわ。鬼畜ですよ」

茜がくぐもり声で言った。目には涙が溜《た》まっていた。

それを見たとたん、生方は悲しみを実感した。奥歯をきつく嚙《か》みしめ、涙を堪《こら》える。愛惜《あいせき》の念で胸は一杯だった。

「これまで部屋に出入りする男性はいなかったから、痴情《ちじょう》の縺《もつ》れではないと思います。彼女、綺麗《きれい》だったから、ストーカー殺人に遭《あ》ってしまったのかしら？」

「そうなんだろうか」

生方は二〇二号室に戻った。

奥の居室に入り、改めて亜希の死顔を見る。穏《おだ》やかな顔つきだった。まるで眠っているようだ。

死者を眺めているうちに、視界が涙でぼやけてきた。生方は悲しみに耐えられなくなって、ダイニング・キッチンに移った。

それから間もなく、本庁機動捜査隊初動班の面々が臨場した。六人とも新宿署に分駐している捜査員で、いずれも顔見知りだった。

「とんだ災難だったね」

リーダー格の湯浅昭作《ゆあさしょうさく》警部が生方に言って、同僚に目配せした。チェーン・カッターを手にした捜査員が生方の背後に回り、手錠の鎖を切断しはじめた。

残りの四人が奥の居室に足を踏み入れた。

「こりゃ、強姦殺人だな」

「そうみたいだね。こんな美しい死体《ロク》を見るのは初めてだよ。レイプした上に絞殺するなんて、ひでえ犯人《タマ》だ」

「ほんとだな」

そんな遣《や》り取りが聞こえた。生方は耳を塞《ふさ》ぎたい気持ちだった。

鎖が断ち切られ、二つの手錠が切り離された。ほどなく特殊ドライバーで鍵穴が壊され、手錠が外された。

「ありがとう」

生方は相手に謝意を表し、四十五歳の湯浅警部に経過を詳しく話した。

初動班は事件の全容を把握《はあく》すると、一両日、犯行現場付近で聞き込み捜査に当たる。それだけで、犯人を検挙できるケースは少ない。たいてい捜査は所轄署に引き継《つ》がれる。

殺人など凶悪な事件が発生すると、東京の場合は警視庁が所轄署に特別捜査本部を設置する。他の道府県警本部も同様だ。捜査本部を所轄署に設けることを警察用語で、帳場が立つという。

事件の種類にもよるが、本庁や道府県本部は三、四十人の捜査員を所轄署に送り込む。彼らは地元署の刑事たちと協力し合って、鑑取《かんど》りや地取り捜査に当たるわけだ。被害者の交友関係などを洗うのが鑑取りで、正確には地鑑《ちかん》捜査と呼ぶ。地取りは、目撃証言などを事件現場周辺で集める聞き込みのことだ。二十一日間が第一期と呼ばれている。

その間に事件が解決しなかったときは、捜査員の数が段階的に増やされていく。難事件になると、延べ動員数が千人を超える。

「被害者の高見沢亜希《や》を殺ったのは、その押尾和博って奴に間違いなさそうだな。緊急手配をかけよう」

湯浅が言った。

「お願いします」

「今夜中には身柄を確保できると思うよ」

「そうなってほしいな」

生方は呟いた。

そのとき、新宿署刑事課の五人が駆けつけた。鑑識係員たちも姿を見せた。

「事件経過は初動班に報告してあります」

生方は、新宿署刑事課強行犯一係の所《ところ》雅之《まさゆき》警部補に言った。

所は五十二歳で、叩き上げの刑事である。元本庁捜査一課にいた生方には何かと敵愾心《てきがいしん》を燃やしている。

「逃げた犯人《ホシ》に手錠《ワッパ》奪《と》られたんだってね？」

「後ろから鈍器で頭をぶっ叩かれて、首筋にスタンガンを押し当てられたんですよ」

「気を失ってる間に、手錠を奪われたわけか」

「そうなんですよ」

「本庁のエース刑事も、たいしたことないな。だから、新宿署《うち》の風紀係に飛ばされたんだね」

「おたく、喧嘩売ってるのかっ」

生方は所刑事を睨《ね》めつけた。

警察は階級社会である。相手が年下だからといって、警部補が警部の生方に対等な口をきくこと自体、ルール違反だ。

「おっと、うっかりしてました。そちらの職階《オブケ》は警部でしたね。どうも失礼しました。こっちは警部補《ホ》なんだから、敬語を使わなきゃね。それはそうと、なんで生方警部が現場に居合わせたんです？」

「そのことは、湯浅さんに言ってある」

「へい、へい」

所警部補が小ばかにしたような笑いを拡《ひろ》げ、湯浅に顔を向けた。湯浅が所刑事に事件の流れを伝えはじめた。

その直後、検視官の中條哲朗《なかじょうてつろう》が二〇二号室に入ってきた。四十一、二のはずだ。

「ご苦労さまです」

生方は挨拶した。中條が軽くうなずき、奥の居室に急いだ。

刑事訴訟法は犯罪死が疑われる場合、検視を義務づけている。

検視は本来、検察官の仕事である。しかし、数が少なく、そこまで手が回らない。そこで、検視官が代行するようになったわけだ。

検視官は十年以上の捜査経験を持ち、二ヵ月の法医学の専門教育を受けた警察官が任命される。医師ではないから、遺体の解剖や採血はできない。遺体に触れ、口内を調べ、直腸内温度の測定はできる。それだけでも、おおよその死亡推定日時は割り出せる。

殺人捜査には、ありがたい存在だ。しかし、検視官は全国でわずか百四十七人しかいない。

警察が扱う死体は毎年、およそ十五万体にのぼる。検視官が現場に出向けるのは、そのうちの一割前後だ。

検視官の数が足りないから、現場で一般捜査官が犯罪性の有無《うむ》を判断することが多い。そのため、自殺や事故を装った偽装殺人を見逃してしまうケースが出てくる。

監察医や一般医師の検案も完璧《かんぺき》とは言えない。医大の法医学教室で行われる司法解剖所見の信頼性は高いが、年に五千数百体しかメスを入れられていない。それが現状だ。

警察庁は検視官の増員を図るべく、全国の警察本部に発破《はっぱ》をかけている。今年中には、千人近い検視官が新たに誕生する予定だ。

「このデパートの紙袋は、生方さんが持ってきた手土産ですか？」

奥から新宿署刑事課の武田久志《たけだひさし》巡査部長が出てきた。三十代半ばで、細身だ。猫背で、他人を下から掬《すく》い上げるように見る癖がある。

「そうだが……」

「クッキーの箱の下に、被害者の物と思われるパーリー・ピンクの携帯電話が入ってたんですよ。まさか生方さんが隠したんじゃありませんよね？　そうだとしたら、あなたが被害者を殺《や》った疑いも出てくるからな」

「何を言ってるんだっ。逃げた黒いニット帽の男が入れたんだろう」

「なんのために？」

「おれを殺人犯に仕立て上げたかったからだろうな」

「疑うわけではありませんが、一応、ポケットの中身をすべて見せてもらえます？」

「いいとも」

生方は憮然《ぶぜん》と言い、上着の右ポケットに手を突っ込んだ。指先に大小の鍵《キー》が触れた。どちらも抓《つま》み出す。

小さい物は手錠の鍵だった。大きいほうは、どうやら部屋のキーらしい。生方は血の気が引いた。

「渡してくださいよ」

所警部補がスラックスの尻《しり》ポケットから格子柄のハンカチを取り出し、近づいてきた。言われるままに生方は、大小の鍵をハンカチの中に落とした。

「ちっこいほうは手錠のキーだな。大きいのは、この部屋の鍵っぽいね。生方警部、二〇二号室の合鍵をこっそり作って、そいつで部屋に忍び込んで……」

「怒るぞ」

「さて、どういう結果が出るか」

所刑事がいったん部屋の外に出て、鍵穴にキーを差し込んだ。内錠が左右に動いた。

「やっぱり、この部屋の合鍵だったみたいだな」

　武田巡査部長が言った。

「所さんに渡したキーは、逃げた犯人がおれが意識を失ってる間に上着のポケットに入れたんだろう」

「あなたに濡れ衣を着せるために？」

「そうだ」

「手錠の鍵まで上着のポケットに入ってましたよね。ふつうは手錠ケースの中に収めておくのに。あなたが、自分で後ろ手錠を掛けたんじゃないですか、予《あらかじ》めキーを上着のポケットに移してね。念のため、左のポケットの中に入ってる物を見せてくださいよ」

「いいだろう」

　生方は拒《こば》まなかった。

　あろうことか、上着の左ポケットには高見沢亜希の運転免許証と銀行のキャッシュ・カードが入っていた。肌が粟立《あわだ》った。状況は一段と不利になった。

「なんで生方警部が被害者宅の合鍵なんか持ってたんですかね？」

　所警部補が勝ち誇った口調で言い、部屋に戻ってきた。

「事件《ヤマ》を踏んだのは、おそらく押尾和博だろう。彼は二年数カ月前の女子大生殺しの件で、おれに重参（重要参考人）扱いされたことで恨みを持ってたんだ。押尾が高飛びする前に緊急手配すべきだな」

「そうする前に、あなたからじっくり事情聴取させてもらいます」

武田が近寄ってきて、生方の片手をむんずと摑んだ。所刑事が、にやついた。

「おれを疑うなんて、あんたたちはどうかしてる」

生方は所と武田に言って、初動班の湯浅に目を向けた。

湯浅は視線を逸《そ》らし、下を向いてしまった。彼も疑いはじめたようだ。

生方は長嘆息《ちょうたんそく》した。

4

前夜は屈辱的だった。

生方は亜希の自宅マンションから強引に新宿署に連れ戻され、三階にある刑事課の会議室に閉じ込められた。

強行犯一係の所警部補と武田巡査部長はテーブルの上に捜査資料として持ち帰った亜希の携帯電話、運転免許証、銀行のキャッシュ・カードを並べ、生方に疑わしげな質問を浴びせかけた。事情聴取というよりも、取調べに近かった。

上司の箱崎課長が見かねて、刑事課に抗議してくれた。そのおかげで、生方は午前零時前には帰宅を許された。しかし、昨夜はまんじりともできなかった。

いまは、午後二時過ぎだ。

生方は自席に向かっていたが、仕事に身が入らなかった。送致書類の文字は何かの記号にしか見えない。

（押尾の野郎め！）

生方は胸の中で吼《ほ》え、キャビンをくわえた。

刑事課は昨夜のうちに、押尾和博を緊急手配した。強行犯一係の刑事たちは、世田谷区赤堤三丁目にある押尾宅に急行した。だが、押尾は自宅にはいなかった。友人宅や親類宅にも潜伏していなかったらしい。

押尾は高飛びしたのだろうか。それとも、都内の盛り場にあるサウナかネット・カフェにでも身を潜めているのか。

（あの男に逃げ《フケ》られたら、おれは刑事課の連中に怪しまれることになるだろうな）

生方は心が翳《かげ》るのを自覚した。

押尾が亜希殺しの罪を着せようと画策したことは、ほぼ間違いないだろう。なぜ彼は、いまごろ恨みを晴らす気になったのか。押尾を女子大生殺人事件の重要参考人と疑ったのは、二年以上も前のことだ。

その間に何か仕返しをする気になってもおかしくない。どうして押尾は、もっと前に報復する気持ちにならなかったのか。

素朴な疑問が膨《ふく》らんだ。

押尾は昨夕、亜希の部屋で過去の恨みに触れた。しかし、それは一種のカモフラージュだったのかもしれない。生方を罠に嵌《は》める理由は別にあったのではないか。

押尾はかなり以前から密《ひそ》かに生方の行動を探っていた節《ふし》がある。生方がピアノ・バーに足繁《しげ》く通い、ピアノの生演奏をしている亜希に想いを寄せていることを感じ取って、恋の成就《じょうじゅ》を阻《はば》む気になったのだろうか。

あるいは、押尾も美人ピアニストに恋い焦《こ》がれていたのか。そして、彼は亜希に言い寄った。だが、はっきりと拒絶された。

その時点で、愛《いと》しさは憎しみに変わった。自尊心を傷つけられた押尾は亜希を殺害し、恨みのある生方を犯人に仕立てる細工を弄《ろう》したのだろうか。

差し当たって考えられるのは、その二つだった。

生方は喫《す》いさしの煙草の火を揉み消した。

そのとき、誰かに肩を叩かれた。振り向くと、少年一係長の進藤《しんどう》隆次《りゅうじ》警部補が立っていた。

四十八歳の進藤は叩き上げの刑事である。三年前まで同じ課で風紀捜査係に携わっていた。なかなかの人情家だ。歌舞伎町で働くホステス、バーテンダー、風俗嬢たちに慕われ、補導した家出少女たちには頼られていた。

「美人ピアニスト殺しで疑われてるんだってね？」

「そうなんですよ。昨夜《ゆうべ》は、刑事課の連中に厳しく追及されました」

「所刑事は生方君を目の仇《かたき》にしてるようだから、この際、とっちめてやろうと考えてるんだろう」

「そうなんでしょうかね」

「おれは、生方君はシロだと信じてる。高卒で警察官《サツカン》になったおれは、数えきれないほど多くの犯罪者に接してきた。人の道を踏み外す連中は同じ体臭を漂わせてる。生方君には、そういう臭《にお》いがまるでない。それに、おれはそっちの人柄もよく知ってる。位《くらい》の低いおれが偉そうなことを言っちまったね」

「進藤さんにそう言ってもらえると、心強いな」

生方は椅子ごと体を反転させた。課内では進藤刑事と最も親しい。月に何度か、一緒に安酒を酌《く》み交わしている仲だ。

「何があっても、おれは生方君の味方だよ。刑事課の奴らがそっちにうるさくつきまとうようだったら、おれが署長に直談判してやる」

「そのうち、こっちの嫌疑は晴れるでしょう。疚《やま》しいことは何もしてないんですから」

「そうだよな。そのうち、屋台で一杯飲《や》ろうや」

進藤がそう言い、自分の席に戻っていった。やや小柄だが、がっしりとした体型だった。

右脚をわずかに引きずっているのは、十数年前の古傷のせいだ。チンピラやくざに逆恨《さかうら》みされて、太腿《ふともも》に匕首《あいくち》を突き立てられたと聞いている。本人は多くを語ろうとしない。加害者をとうの昔に赦《ゆる》しているからなのか。

「生方君、ちょっと来てくれないか」

箱崎課長から声がかかった。生方はすぐに自席から離れ、課長の机に歩み寄った。たたずむと、箱崎が先に口を開いた。

「少し前に高見沢亜希の司法解剖が終わったそうだ。東大の法医学教室からファックス送信されてきた所見書によると、やはり死因は絞殺による窒息死だった。索条痕《さくじょうこん》から、凶器はタイラップと断定された」

「死亡推定時刻は？」

「昨夕四時から五時の間とされてる。それから、被害者は性的な暴行は受けてなかったよ」

「そうですか」

生方は、ほんの少し気持ちが明るくなった。被害者が犯されていないことは、唯一《ゆいいつ》の救いだった。

「被害者の胸部や内腿《うちもも》に複数の引っ掻《か》き傷があったというから、犯行動機はレイプだったんだろう。しかし、高見沢亜希が暴《あば》れたんで、思わず犯人はタイラップを首に回して、両手で力まかせに引き絞ったようだね。被害者の頸骨《けいこつ》が一部折れてたらしい」

「鑑識の結果も出てるはずですが……」

「ああ、出てる。被害者宅から、押尾和博の指掌紋《ししょうもん》はまったく検出されてない。二〇二号室に遺《のこ》されてた足跡《ゲソ》は二種類だね。片方の靴のサイズは二十六センチで、もう片方は二十八センチだった」

「確か押尾の靴のサイズは二十七センチと記憶してます。押尾がサイズをごまかすため、わざと二十八センチの靴を履《は》いて、予《あらかじ》め用意しておいた合鍵で被害者の部屋に侵入し、犯行に及んだんでしょう」

「ところがね、ドア・ノブやタイラップには押尾の指紋も掌紋も付着してなかったんだよ。凶器のタイラップ、ノブ、被害者の携帯電話、合鍵、銀行のキャッシュ・カードからも押尾の指掌紋は検出されなかった」

「押尾は手袋を嵌めてましたからね。タイラップには、わたしの指紋と掌紋しか検出されなかったんでしょ？　それから、わたしが意識を失ってる間に上着のポケットに入れられた部屋の合鍵にも、こっちの指掌紋しか付着してなかったんですね？」

「そうなんだ。携帯電話、キャッシュ・カードには被害者ときみの指掌紋の両方が付着してた」

「スタンガンで意識を混濁《こんだく》させられて、何かを握らされたり、触《さわ》らされたことをうっすらと憶《おぼ》えてます。押尾がわたしを犯人に仕立てる目的で、そういう細工をしたにちがいありません」

「そうなんだろうが、きみが奪われた手錠の鍵のことでも、刑事課は腑《ふ》に落ちないと言ってるんだよ。押尾が犯人だとしたら、わざわざ手錠の鍵をきみの上着のポケットに入れてから逃走しないのではないかとね」

「おそらく押尾はわたしに罪を着せたくて、こっちが自分で後ろ手錠を掛けたと見せかけたかったんでしょう」

「だから、手錠の鍵を意図的《いとてき》に生方君の上着のポケットに入れた？」

「そうなんだと思います。追われたくないだけだったら、押尾は手錠のキーをマンションの外に捨てるか、持ち帰るはずですよ」

「そう言われると、確かにそうだね」

箱崎課長が口を結んだ。

そのすぐあと、机上の警察電話が鳴った。内線のランプが点滅している。箱崎が受話器を取った。電話の相手は、刑事課の米山公雄《よねやまきみお》課長のようだった。

米山は五十一歳で、職階は警視である。ノンキャリアの出世頭だ。

箱崎課長は数分で、受話器をフックに戻した。

「刑事課の米山課長からだ。数十分前に赤堤の自宅に戻った押尾和博の身柄を確保したらしい。しかしね、押尾はきのうの午後二時発のＳＫＹ012便で羽田を発《た》ち、午後三時半に福岡空港に到着して、四時十分ごろに市内のビジネス・ホテルにチェック・インしてるそうなんだ」

「そんなばかな!?」

「押尾の供述通りなら、彼のアリバイは成立するな。つまり、高見沢亜希殺しには無関係ってことになるわけだ」

「課長、何を言ってるんですかっ。わたしが被害者宅を訪れたとき、あの男はドレープ・カーテンの向こうに身を潜めてたんですよ。そして手製のブラックジャックか何かでわたしの後頭部を殴打して、さらに首筋に高圧電流銃《スタンガン》の電極を押し当てたんです。わたしが気を失うと、手錠を奪って……」

「そういう話だったね。しかし、押尾が被害者の部屋にいたという物的証拠は何もなかったんだ」

「それは押尾が工作したからですよ、尻尾《しっぽ》を摑まれないようにね。課長、わたしは被害者の部屋で押尾当人と喋ってるんです。あいつは女子大生殺しの件で重参扱いされたことでわたしを恨んでるとはっきりと口にした。母親の押尾翠が地下鉄電車に飛び込んだのは、わたしのせいだとも言ってました」

「だがね、押尾にはアリバイがありそうなんだよ。米山課長が自ら羽田空港と福岡空港に電話で確認したそうなんだが、きのうのＳＫＹ012便の搭乗者名簿には間違いなく押尾和博の名が載ってたというんだ」

「それだけで、押尾が九州の福岡に行ったとは断定できませんよ。別人が押尾になりすまして、ＳＫＹ012便に乗り込んだとも考えられますからね」

生方は早口で反論した。

「替え玉を使った可能性はあるね。しかし、帰宅直後に身柄を押さえられた押尾は派手なレモン・イエローのダウン・パーカを着て、福岡市内の宿泊先の領収証と福岡空港で買った土産物も持ってたというんだよ。彼は同じ服装で羽田空港をきのうの午後二時に出発したと言ってるそうだ」

「無帽だったのかな？」

「いや、押尾は黒いスポーツ・キャップを目深《まぶか》に被ってたらしいよ」

「それなら、自分と背恰好と顔の輪郭《りんかく》の似た替え玉を使って、アリバイ工作をしたんでしょう。くどいようですが、この目で被害者の部屋で押尾を見てるんです。会話もしてる。押尾にはアリバイなんかないはずです」

「生方君を疑いたくはないが、押尾を被疑者と断定する材料もないんだよな。誤認逮捕なんかしたら、マスコミに叩かれるからね。だから、刑事課は大事をとって、押尾に任意同行を求めたって話だったよ。押尾は素直に求めに応じたらしいから、後ろめたい点はないんだろう」

「課長は、わたしが高見沢亜希を絞殺して、自分で後ろ手錠を打ったと思ってるんですかっ」

「そうは思ってないさ。ただね、客観的に判断して、押尾を被疑者と考えるのは早計だと言ってるんだよ」

「もうじき押尾は、署に現われるんですね？」

「ああ、多分ね。生方君、何を考えてるんだ？」

「刑事課で、直《じか》に押尾と対決します」

「生方君、それはまずいよ。殺人事件の捜査は刑事課のテリトリーだ。きみがしゃしゃり出たら、角が立つじゃないか」

箱崎がうろたえた。

「別に押尾を取り調べるわけじゃありません。押尾と話をさせてもらうだけですよ」

「しかしね……」

「課長に迷惑はかけません」

生方は刑事部屋を飛び出した。廊下を小走りに走り、階段の昇降口に急ぐ。

三階の刑事課に入ると、米山課長の席に足を向けた。米山が生方に気づき、困惑顔になった。

「押尾はきのうの午後三時半過ぎ以降、福岡にいたとか？」

生方は立ち止まるなり、開口一番に確かめた。

「そうなんだよ。きみの証言は、うちの所警部補から詳しく報告してもらったんだが、押尾にはアリバイがあったんだ」

「うちの課長から、きのうの午後二時に押尾が羽田空港を発って、一時間半後に福岡空港に降り立ったという話は聞きました」

「そうかね。その後、押尾は福岡市内の『サンライズ』というビジネス・ホテルにチェック・インしてる。箱崎課長にも言ったんだが、押尾がきのう、SKY012便に搭乗したことは確認済みなんだ」

「搭乗者名簿に押尾の名が載ってたからといって、本人が機内に入ったとは断定できませんよ。替え玉が押尾和博に化けて搭乗したかもしれませんからね」

「そういうこともあるかもしれないから、別件で大森で聞き込み捜査をしてる刑事課の者に羽田空港に回ってもらったんだ。それで、きのうの出発ロビーの防犯ビデオを観《み》せてもらったんだよ。黒いキャップを被って、レモン・イエローのダウン・パーカを着込んだ押尾和博は間違いなくSKY012便に乗り込んだらしい」

「ちょっと待ってください。空港に確認に回った捜査員は、押尾とは一面識もないんですよね？」

「ああ。しかし、わたしが押尾の犯歴データを警察庁《サッチョウ》の大型コンピュータから引っ張って、係官に人相着衣《ニンチャク》を細かく教えたんだ。だから、ちゃんと確認できたはずだよ」

「お言葉を返すようですが、対象人物は黒いキャップを目深に被ってたという話でしたよね？」

「そうだが……」

「確信をもって、押尾本人と認めることは難しいのではないでしょうか？」

「きみは、わたしの部下をぼんくら扱いする気なのかっ。押尾より、きみのほうがよっぽど怪しい。きみは『ソナタ』というピアノ・バーの常連客で、被害者の高見沢亜希に好感以上の想いを寄せてたそうじゃないか」

「被害者のことは年の離れた妹のように思ってただけです」

「きれいごとを言うなって。美しいピアノ演奏家に惚《ほ》れてたって、別に問題はないんだ。きみは目下、独身なんだからな。しかも、男盛りだ。好きな女性を独占したくなっても、なにも不思議じゃない」

「米山課長はわたしをお疑いのようですが、絶対に被害者は殺《や》ってません。高見沢亜希の自宅マンションを訪ねたのは、ある弁護士事務所の報告書を見せてもらうことになってたからなんです」

「法律事務所の報告書だって？」

米山が訊《き》き返した。

生方は、亜希の相談に乗りかけていたことを明かした。むろん、差し障《さわ》りのあることは省《はぶ》いて喋った。

「被害者の部屋には、そんな報告書はなかったはずだ」

「それなら、殺人犯が報告書を盗み出したのかもしれません」

「生方君、しつこいようだが、きみはシロなんだね？」

「もちろんです。これは個人的な読み筋《すじ》なんですが、押尾がアリバイ工作をしてから被害者を絞殺し、恨みのあるわたしを犯人に仕立てようとしたんだと思います。押尾のアリバイには何か裏があるはずです。多分、二人一役のトリックを使って、替え玉をSKY012便に搭乗させたんでしょう」

「当の本人は東京にいて、きのう、美人ピアニストを殺害した？」

「わたしは、そう確信してます」

「そうなんだろうか」

米山刑事課長が唸《うな》って、腕を組んだ。

ちょうどそのとき、所刑事と武田に両側を固められた押尾が刑事課に入ってきた。黒いキャップを被り、ダーク・グリーンのセーターの上にレモン・イエローのダウン・パーカを羽織っている。

生方は押尾に走り寄った。

「汚い手を使いやがって！」

「おっ、あんたは生方刑事じゃないか。久しぶりだな。二年数ヵ月ぶりだよね？」

「空とぼけるんじゃない。きのうの夕方五時ごろ、『西新宿コーポ』の二〇二号室で会ってるじゃないか。おまえはドレープ・カーテンの裏側に隠れてて、おれに襲いかかってきた。それから手錠を奪って、おれの両手を利かなくした。そっちが高見沢亜希をタイラップで絞殺して、おれに罪をなすりつけようとしたんだろうが！」

「あんた、頭がおかしいんじゃないの？　おれは、きのうの午後三時半以降は福岡にいたんだぜ。急に博多の屋台で一杯飲《や》りたくなったんで、飛行機に乗ったんだ。ビジネス・ホテルで一泊してさ、きょうの午後の便で九州から東京に戻ってきたんだよ。だから、きのう、あんたと東京で会うわけない」

「二人一役のトリックを使ったんだな。おまえは替え玉を福岡に行かせたにちがいない」

「おかしなこと言うなよ」

押尾がせせら笑った。

生方は無意識に押尾の胸倉を摑んだ。

押尾がオーバーにのけ反《ぞ》った。すると、所警部補が間に割って入った。

「手を引っ込めろ。押尾さんには任意で来てもらったんだ。被疑者じゃないんだぞ」

「しかし……」

「だいたい生安課が出る幕じゃない。引っ込んでてくれ！」

「おれは、押尾に殺人犯に仕立てられそうになったんだ。黙っちゃいられない」

「いいから、引っ込んでろ。つべこべ言ってると、身柄を拘束するぞ」

「おたくらは押尾に騙《だま》されてるんだ」

生方は悪態《あくたい》をついて、刑事課を出た。

第二章　消えない嫌疑

1

生活安全課に戻った。

するとと、箱崎課長がベテランの鑑識係員とひそひそ話をしていた。

生方は二人に近づき、どちらにともなく語りかけた。

「何か新しい事実でもわかったんですか？」

「そうなんだ。被害者の高見沢亜希の右手の爪の間に人間の表皮の一部が付着してたらしいんだが、その血液型がO型と断定されたそうなんだよ。被害者が犯人の手の甲を引っ掻《か》いたようなんだが、生方君が疑ってる押尾の血液型はB型なんだ。犯歴データを調べてみたんだよ」

「血液型だけでは決め手になりませんよ。DNA鑑定の結果はどうだったんです？」

「それについては、刑事課は言葉を濁してるんだ。それでね、押尾にはアリバイがあるんだから、真犯人とは考えにくいの一点張りなんだよ。ところで、きみの血液型は確かO型だったよな？」

「ええ、そうです」

「凶器のタイラップから生方君の指掌紋《しょうもん》しか検出されてないし、きみの上着のポケットには被害者宅の合鍵が入ってた。それだけじゃない。手土産のバター・クッキーの下には、被害者の携帯電話が隠されてた。また、生方君のポケットには高見沢亜希の運転免許証と銀行のキャッシュ・カードが入ってた」

「それは、おそらく押尾が……」

「ああ、わかってる。しかし、状況証拠で刑事課は生方君を第一容疑者という見方を強めてるようなんだ」

「わたしは生方警部が人を殺すような方とは思っていませんが、状況は不利ですよね」

ベテラン鑑識係員が言った。声には、同情が込められていた。

「なぜ刑事課は、こっちのDNAを検《しら》べようとしないんだっ。おかしいですよ。何か悪意があるとしか思えないな。それはそうと、押尾の単独犯行だと思ってましたが、犯人と思われる人物の血液型がＯ型なら、共犯者がいたんでしょう。そいつが被害者をレイプしようとしたが、激しく抵抗されて、目的は果たせなかった。それで押尾はタイラップで高見沢亜希の首を絞め、共犯者を先に逃がした。それから、わたしを犯人に仕立てる工作をしたんでしょう」

「そうなのかもしれませんが、刑事課の連中は生方警部に疑いの目を向けるでしょうね」

「なんてことなんだ」

生方は溜息をついた。鑑識係員が目礼し、刑事部屋から出ていった。

「困ったことになったね。明日、本庁《ホンブ》の捜一が新宿署《こっち》に帳場を立てることになったんだ。桜田門から出張《でば》ってくる捜査員たちも当然、生方君を怪しむことになるだろう。刑事課の課長には生方君のＤＮＡを検べるべきだと言ったんだが、聞き入れてもらえなかったんだ。連中は生方君に何か悪感情を持ってて、きみを陥れたいと考えてるんだろうか。そうは思いたくないが、なんか疑いたくなってくる。きみの身の潔白を信じてはいるが、いまのわたしにはどうしてやることもできない」

「箱崎課長、ご心配なく。自分でなんとか無実であることを立証します」

「きみは自分で殺人事件の捜査に乗り出そうと考えてるんだな？」

「ええ、そうです」

「生安課の刑事が越権捜査じみたことをやったら、刑事課と揉めることになるな」

「でしょうね。ですから、非公式に動くつもりです。課長、十日間、いいえ、一週間でも結構ですから、休暇を取らせてください」

「しかし……」

「課長に迷惑はかけません。遠縁の者が内科医をやってますから、偽の診断書を作成してもらってもかまいません。ストレスによる十二指腸潰瘍《かいよう》を患《わずら》ってると書いてもらえば、別に課長に責任は及ばないでしょう」

「押尾和博をマークして、共犯者を突きとめてから、二人を追い込むつもりなんだね？」

「ええ、まあ」

「わたしの口からオーケーとは言えないな。だが、黙認という形でなら、協力は惜《お》しまないよ」

「それで結構です」

「とりあえず、一週間の休暇にしてくれ。偽の診断書はわたし宛《あて》に郵送してくれればいいよ」

箱崎がそう言い、自分の椅子に腰を落とした。

生方は部下の長谷部警部補に体調がすぐれないことを告げ、早退《び》けすると伝えた。それから彼は少年一係に足を向け、進藤刑事に今後の計画をこっそりと教えた。

「状況がそこまで不利なら、自ら無実であることを証明するほかないやね。こっちにできることがあったら、なんでも言ってくれないか」

「進藤さん、捜査本部に何かあったら、電話で教えてほしいんです」

「お安いご用だ。早く嫌疑が消えることを祈ってるよ」

進藤が温かな眼差《まなざ》しを向けてきた。生方は黙ってうなずき、生活安全課を出た。

署の前でタクシーに乗る。母方の遠縁の内科医院は高円寺《こうえんじ》にあった。目的の医院には二十分弱で着いた。

生方は五十代後半の内科医に経緯《いきさつ》を話し、偽の診断書を認《したた》めてもらった。近くの郵便局に寄り、課長宛に速達で送る。

生方は笹塚《ささづか》の自宅マンションに帰り、マイカーのクラウン・マジェスタに乗り込んだ。数年前に手に入れた中古車である。車体は灰色だった。エンジンの調子は悪くない。

生方は車を世田谷区赤堤に走らせた。

押尾宅に着いたのは、およそ二十五分後だった。二階建ての家屋《かおく》は、ひっそりと静まり返っている。留守らしい。

生方は車を押尾宅の数軒先の生垣《いけがき》に寄せた。そのまま張り込みを開始する。

三十分が流れ、一時間が過ぎた。だが、押尾が帰宅する気配はうかがえなかった。新宿署を出てから、どこかに立ち寄っているのだろう。

生方は辛抱《しんぼう》強く待ちつづけた。

押尾宅の前にタクシーが停まったのは、午後九時半過ぎだった。生方は目を凝《こ》らした。

タクシーを降りたのは、当の押尾だった。連れはいなかった。

生方は急いでクラウンを降り、押尾宅に大股で向かった。タクシーが脇を走り抜けていった。押尾は門扉《もんぴ》を開きかけていた。

「おい！」

生方は声をかけた。押尾がゆっくりと振り返った。酒気《しゅき》を帯びていた。

「共犯者は誰なんだ？」

「え？」

「そいつが高見沢亜希を犯し損なったんで、おまえがタイラップで絞殺して、おれを犯人に仕立てようとしたんだなっ」

「まだ寝ぼけてるのか。おれにはアリバイがあるんだぜ」

「二人一役のトリック《ブラフ》を見破ったんだよ、おれはな」

生方ははったりをかませた。

「トリックって、何だよ？」

「おれは羽田空港で防犯ビデオに目を通したんだ。そっちは事件の起こった日の午後二時に福岡行きのＳＫＹ012便に搭乗したと供述してるが、機内に乗り込んだのは替え玉だった。おまえに背恰好と顔立ちがよく似てたが、別人だったとわかったんだよ」

「そんな誘導尋問には引っかからねえぞ。ＳＫＹ012便に乗ったのは、おれなんだからな。おれは午後三時半に福岡空港に到着して、四時過ぎに市内の『サンライズ』というビジネス・ホテルにチェック・インした。夜になってから博多の屋台を飲み歩いて、午前零時ごろに宿泊先に泊まったんだ。おれのアリバイの裏付《ウラ》けは刑事課が取ったと言ってたぜ」

「おまえこそ、はったりかますなっ」

「はったりじゃねえよ。所って刑事の話だと、部下がきょうの午後に福岡に飛んで、おれがビジネス・ホテルに泊まったことを確認したんだってさ。その刑事はおれの顔写真をフロントマンに見せたらしいよ。犯行現場でおれと会ったなんて作り話をしやがって、頭にくる野郎だ」

「事件当日、おれは被害者宅でおまえと会ってる」

「いい加減にしてくれ。おれは福岡にいたんだぜ。あんた、覚醒剤《シャブ》喰ってるんじゃないのか？　で、幻覚か何かでおれを見たと思い込んでんじゃないのかよっ。美人ピアニストを殺《や》ったのは、あんたなんだろ？　なのに、このおれに罪をおっ被せようなんて汚すぎるぜ」

「汚い真似《まね》をしたのは、おまえのほうだろうが！」

生方は言い返した。

「もう観念しろって。新宿署の刑事課はあんたの犯行と睨んでるんだぜ」

「おまえが小細工したから、おれは疑われたんだ。しかし、おれは無実だっ」

「こっちだって、事件にはタッチしてない。おれを犯人扱いしつづけたら、あんたのことを訴えるぞ。いいな！」

押尾は自宅の敷地内に入り、ポーチまで走った。

生方は踵《きびす》を返した。マイカーの運転席に入り、羽田空港ターミナル・ビルの管理会社に電話をかけた。身分を明かし、事件の起きた日の防犯ビデオの録画をすべて観《み》せてほしいと願い出る。

係の者の話によると、すでにビデオは新宿署刑事課に貸し出してしまったという。生方は電話を切り、今度は福岡空港に問い合わせをした。観たいと思っていた二日分の防犯ビデオは今朝《けさ》、新宿署刑事課に宅配便で送ったということだった。

生方はNTTの電話番号案内係に福岡市内にある『サンライズ』というビジネス・ホテ

ルの代表番号を教えてもらい、すぐに電話をかけた。受話器を取ったのは、フロントマンだった。

生方は刑事であることを告げ、亜希が絞殺された日に押尾和博が投宿したかどうか調べてもらった。

「お問い合わせの押尾さまは間違いなくお泊まりになられていますね」

「そうですか。できたら、押尾がチェック・インしたときの担当の方に確かめたいことがあるんですが……」

「わたくしが担当でした。押尾さまはラフな恰好《かっこう》で見えられて、博多の屋台をハシゴしたいとおっしゃられていました」

「黒いキャップを被って、レモン・イエローのダウン・パーカを着てました？」

「ええ、そうでした。下は白っぽいチノパンだったと思います」

「宿泊者カードには、押尾自身が氏名と住所を記入したんですか？」

「いいえ。押尾さまは右手の親指を突き指したとかで、ちゃんとボールペンを握れないとおっしゃったんですよ。それで、わたくしが代わりに記入させていただきました」

「そうですか。押尾はチェック・インとチェック・アウトのとき、キャップを目深《まぶか》に被ったままだったんですね？」

「はい、そうです。それが何か？」

フロントマンが遠慮がちに問いかけてきた。

生方は適当に言い繕《つくろ》って、携帯電話の終了キーを押した。押尾は自分では宿泊者カードに氏名や住所を記入していない。その理由は、筆跡を残したくなかったからだろう。

押尾が利き手の親指を傷《いた》めている様子は見られなかった。もっともらしい嘘をついて、フロントマンに自分の名前と住所を宿泊者カードに記入させたにちがいない。

ということは、押尾が二人一役のトリックを使った可能性があるわけだ。実際にＳＫＹ012便で羽田空港を発ったのは、別人と思われる。

当の本人は東京にいて、正体不明の共犯者と一緒に亜希の自宅マンションに押し入ったのではないか。

すぐに共犯者は亜希を犯そうとした。しかし、予想以上に亜希に騒がれた。それだから、押尾は部屋の主を絞殺してしまった。そして共犯者を先に逃がし、自分は偽装工作に取りかかったのか。いや、違う。

鑑識係員によると、被害者の爪の間から採取された人間の表皮で、犯人の血液型はＯ型と絞れそうだということだった。押尾はＢ型だ。とすると、亜希を直《じか》に殺害したのは共犯者なのかもしれない。

実行犯は、どこの誰なのか。押尾をマークしつづけていれば、その謎の人物といつか接触しそうだ。

（徹夜で張り込んでみるか）

生方は背凭《もた》れを一杯に倒し、上体を預けた。

それから間もなく、フルモデルチェンジした青いギャランがクラウンの横を低速で走り抜けていった。覆面パトカーだ。

ハンドルを握っていたのは、刑事課の武田だった。助手席には、同僚の斉木敬臣《さいきたかおみ》刑事が坐っている。斉木は二十八、九だ。

ギャランは押尾宅の数軒先の石塀の際《きわ》に停止した。

（武田たちは、おれがいずれ押尾の自宅に接近すると推測したんだな。いったん張り込みを中断しよう）

生方は坐り直し、静かに車をバックさせはじめた。五、六十メートル後退し、尻からクラウンを脇道に入れる。右に折れ、ごく自然に押尾宅から遠のく。

生方はクラウン・マジェスタを西新宿四丁目に向けた。『西新宿コーポ』に着いたのは、九時十分ごろだった。

二〇二号室は真っ暗だ。司法解剖された亜希の遺体は明朝、札幌に空輸される手筈になっていた。そのことを電話で教えてくれたのは少年一係の進藤係長だ。

生方は車を『西新宿コーポ』の斜め前の路上に駐《と》め、一〇二号室に急いだ。亜希が住んでいた真下の部屋である。照明が灯っていた。

インターフォンを鳴らし、表札を見る。木下《きのした》という苗字だけが掲《かか》げてあった。

「どなたですか？」

スピーカーから、若い男の声が響いてきた。

「新宿署の者です。二〇二号室の高見沢さんが殺された事件のことで、ちょっとうかがいたいことがあるんですよ」

「少々、お待ちください」

「わかりました」

生方は少し退《さ》がった。待つほどもなくドアが開けられた。現われたのは、髪をブルーに染めた二十四、五の男だった。

「一〇二号室を借りてる木下さん？」

「そうっす。木下樹《いつき》です」

「新宿署の生方という者だ。刑事課の人間じゃないんだが、高見沢さんとは知り合いなんで、個人的に事件のことを調べてるんだよ。協力してもらえると、ありがたいな」

「いいっすよ」

「きのうの午後四時から五時の間に高見沢さんは殺されたと推定されてるんだが、その時間帯、きみは自分の部屋にいた？」

「いませんでした。きのうは朝からバイトで、帰ってきたのは夜の八時過ぎだったんですよ。道に報道関係者が群れてたんで、驚きました。野次馬に二〇二号室の女性が絞殺されたと教えられて、二度びっくりですよ」

「事件前に高見沢さんの部屋をうかがってるような不審者は見かけなかった？」

「そういう奴は見ませんでしたね」

「そうか。ありがとう」

生方は謝意を表し、一〇一号室と一〇三号室の借り主にも会ってみた。しかし、何も収穫は得られなかった。

二階に上がり、二〇一号室を訪ねる。電灯は点いていたが、応答はなかった。

部屋の主は、どうやら入浴中らしい。風呂場の換気孔から小さく湯の弾《はじ》ける音が洩れてくる。

生方は三階に上がった。五つの部屋は暗かった。居住者はまだ帰宅していないのだろう。

生方は一階まで階段を下り、ミニマンションの外に出た。

すると、刑事課の所警部補が立っていた。

「二〇二号室に何か危《ヤバ》い物でも落としたんで、それがどうなったのか気になったのかな？」

「妙な言いがかりはやめてほしいな。二〇二号室に遺族がいらっしゃったら、お悔みを言うつもりだったんだ」

「それだけなら、何も三階まで上がる必要はないわけでしょ？　ま、いいや。もう耳に入ってるでしょうが、被害者の爪の間に人間の表皮が挟まってたんですよ。で、犯人と思われる奴の血液型がO型とわかった。生方警部も同じ血液型ですよね？」

「何が言いたいんだっ」

「凶器のタイラップには、そちらの指掌紋しか付着してなかった。さらに生方警部は高見沢亜希の携帯電話、運転免許証、銀行のキャッシュ・カードを盗み出そうとした疑いがあります」

「押尾がおれを殺人犯に仕立てる目的で、細工したんだろう」

「それは不可能でしょ。押尾には事件当日、れっきとしたアリバイがある」

「押尾は自分の替え玉を福岡に行かせたにちがいない」

「何か証拠でもあるのかな？」

「福岡のビジネス・ホテルにチェック・インしたとき、押尾和博を装った人物は宿泊者カードに直筆《じきひつ》では記入してないんだ。右手の親指を突き指したとか言って、フロントマンに氏名と住所を代わりに書いてもらってる。筆跡を残したくなかったのは、替え玉と看破《かんぱ》されることを恐れたからだろう」

「それじゃ、押尾が高見沢亜希を殺した疑いも……」

「押尾は共犯者と一緒に被害者の部屋に押し入ったんだろう。そして、連れに亜希を辱《はずか》しめさせようとした。しかし、目的は遂げられなかった。それで二人のどちらかが被害者を絞殺したんだろう。その後、押尾は恨みのあるおれに濡れ衣を着せようと画策したんですよ。多分、殺しの実行犯は連れなんだろう」

「そうなんですかね？」

「おれを疑うなら、ＤＮＡを検《しら》べてくれ」

「その必要はないでしょう。状況証拠だけで、生方警部が充分に臭いからね」

「ふざけるな」

　生方は言い放って、自分の車に乗り込んだ。すぐにクラウンを発進させ、花道通りをめざす。

ピアノ・バー『ソナタ』に足を踏み入れたのは十数分後だった。

ママの律子が駆け寄ってきた。

「亜希ちゃん、かわいそうだわ。生方ちゃん、早く犯人を捕まえてあげて」

「もちろん、全力を尽くすよ」

生方はママのほか、バーテンダーの家弓や数人のホステスから事情聴取した。しかし、故人と押尾をつなぐものは何もなかった。

（北海道に行ってみるか）

生方は、いつものカウンター席に坐った。白いピアノの蓋《ふた》は閉ざされていた。

2

タクシー乗り場に足を向けた。

JR札幌駅である。生方は厚手のタートルネック・セーターの上にムートンのコートを羽織っていたが、思わず身を縮めた。それほど北国の寒気は厳しかった。

吐く息がたちまち白く固まる。指先も、かじかみそうだ。市街地の車道はきれいに除雪されているが、ところどころに積雪が見える。

生方は午後十二時三十分発のＪＡＬ525便で羽田空港を発《た》ち、二時五分に新千歳《しんちとせ》空港に着いた。ＪＲ千歳線を利用し、札幌駅で下車したのである。

笹塚の自宅マンションの電灯は点けっ放しにしてきた。自宅療養しているように見せかけるためだった。殺害された高見沢亜希の実家、北海道タイムス、及川恵介法律事務所の所在地はすでに調べてあった。

生方は過去に二度、北海道を訪れている。いずれも季節は夏だった。

最初に訪れたのは、大学生のころだ。函館を起点にして日本海側を北上し、宗谷《そうや》岬までバイクを走らせた。帰路は稚内《わっかない》から留萌《るもい》、旭川、苫小牧《とまこまい》に抜けた。

二度目に訪れたのは、結婚して一年後だった。生方は亡妻とレンタカーで札幌から支忽《しこつ》湖に寄り、太平洋沿いに走って、日高支庁の襟裳岬《えりもみさき》を巡《めぐ》った。ロング・ドライブでかなり疲れたが、思い出深い旅だった。

生方はタクシーに乗り込んだ。

亜希の実家は札幌市北区にある。目的の家は、閑静な住宅街の一角にあった。ＪＲ札沼線の新琴似《しんことに》駅から七、八百メートル離れた場所だった。新興住宅街なのだろう。

敷地は八十坪ほどで、洋風の二階家だった。庭木が形よく植えられている。

生方はタクシーを待たせたまま、高見沢宅のインターフォンを鳴らした。

応対に現われたのは、世帯主の高見沢良《まこと》の実姉だった。故人の伯母である。七十近い年齢だった。

生方は自己紹介し、故人との関わりを話した。

「姪《めい》の亡骸《なきがら》はセレモニー・ホールに安置されてるんですよ」

「そのセレモニー・ホールはどこにあるんです？」

「屯田西《とんでん》公園の近くにあります。弟夫婦は、そちらにいるんですよ。通夜や告別式の打ち合わせなんかがありますもんでね」

亜希の伯母がそう言い、セレモニー・ホールまでの道順を詳しく教えてくれた。

生方は礼を言い、タクシーの中に戻った。

初老の運転手は、そのセレモニー・ホールのある場所を知っていた。十数分で、目的の場所に着いた。

生方はセレモニー・ホールの並びにある生花店で献花用の花束を買い求めた。香典はコートの内ポケットに用意してある。

背広姿ではない。少し気が引けた。だが、まだ通夜が執《と》り行われているわけではない。

生方は百メートルほど歩き、セレモニー・ホールに入った。

案内係のスタッフに故人の両親が二階の小ホールにいることを教えられ、階段を昇った。

小ホールの中に、亜希の両親がいた。元高校教師の父親は銀髪で紳士然としている。六十五歳のはずだ。目許《めもと》が亜希に似ていた。

母親の房江《ふさえ》は気品のある女性だった。六十一歳だったか。

生方はムートンのコートを手早く脱ぎ、小ホールに足を踏み入れた。気配で、高見沢良が振り返った。

「こんな恰好《かっこう》で失礼します。わたくし、生方と申します。亡くなられた亜希さんのファンでした。このたびはとんだことで……」

「東京からわざわざお越しくださったんですか？」

「はい」

「それは恐縮です」

「後《おく》れ馳《ば》せながら、お悔み申し上げます。ご遺体と対面させていただけますか？」

「ええ、どうぞ」

亜希の父親が生方を中央正面にしつらえられた祭壇に導いた。祭壇の前にはキャスターが見える。白っぽい柩《ひつぎ》はキャスターの上に載《の》せられていた。

柩は上蓋《うわぶた》で覆《おお》われていた。生方は一礼し、香炉台に献花を捧げ、焼香した。合掌しているうちに、涙が込み上げそうになった。

「死顔は割に穏やかなんですよ」

房江が言って、柩の覗き窓の扉を左右に割った。

生方は柩に近づいた。死化粧を施《ほどこ》された故人は息を呑《の》むほど美しかった。できることなら、死者の頬に触れたかった。

しかし、自分と故人は恋愛関係にあったわけではない。そこまでするのは、厚かましいだろう。

「わたしの手で犯人を取っ捕まえてやります」

「やっぱり、あなたは刑事さんだったのね。娘は、亜希は名前までは教えてくれなかったんですけど、新宿署の刑事さんを密《ひそ》かに慕《した》ってるとわたしには打ち明けてくれてたんですよ」

房江が言った。生方は思いがけないことを告げられ、とっさに何も言えなかった。

「あなたは結婚されて一年半ほどで奥さまを病気で亡くされたとか？」

「ええ、そうです」

「自分よりも十二歳も年上の男性なんだけど、なぜか母性本能をくすぐられると亜希は言ってました」

「わたしも亜希さんの存在が生きる張りになってました。しかし、結婚歴がありますし、ひと回りも年上ですんで、求愛することにためらいがあったんです」

「あなたの迷いはよくわかりますよ。それにしても、二人とも無器用だわ。亜希のウェディング・ドレス姿を見たかったのに」

房江が顔を伏せ、声を詰まらせた。嗚咽《おえつ》を懸命に堪《こら》えている。震える細い肩が痛ましい。

「ご焼香、ありがとうございました。故人も喜んでると思います。休憩室で生前の娘のことを聞かせてください」

亜希の父が案内に立った。生方は従った。後《あと》から房江が従《つ》いてくる。

休憩室は、小ホールの斜め前にあった。洒落《しゃれ》たティー・ルームのような造りだった。人の姿は目に留《と》まらない。

亜希の両親が並んでソファに腰かけた。生方は高見沢良の前に坐った。一拍置いてから、事の経過を語った。

「亜希は友樹の事件のことで、生方さんに相談してたのか」

「はい。それで、事件当日の午後五時に亜希さんの自宅マンションにお邪魔したんですよ。インターフォンを鳴らしても、なんの応答もありませんでした。ドアはロックされてませんでしたから、部屋に入らせてもらったわけです」

「そこで、あなたは娘の絞殺体を発見されたんですね？　そして、カーテンの向こう側に隠れてた押尾和博という男に鈍器のような物で後頭部を強打され、首筋にスタンガンの電極を押し当てられた。そうでしたね？」

「ええ、そうです。二年数ヵ月前のことでわたしを恨んでた押尾が、偽装工作をしたんだと思います」

「事件当日、その男がアリバイ工作をしたことは確かなんだろうか」

「まず間違いないでしょう。当の本人が福岡に行ったんでしたら、当然、ビジネス・ホテルの宿泊者カードに彼自身が氏名や住所を記入したはずです」

「そうだね。押尾という男が右手の親指を突き指した様子はうかがえなかったんでしょ？」

「ええ」

「それならば、生方さんがさっき言ったように押尾は二人一役のトリックを使ったんでしょう。しかし、警察の話ですと、娘と押尾はまったく接点がないようなんですよね。それなのに、なんで亜希は犯罪の被害者になってしまったんですかね？」

高見沢が首を傾《かし》げた。

「亜希さんが事件に巻き込まれた理由は二つ考えられます。一つは、わたしが『ソナタ』に足繁く通ってピアノの生演奏をしてた亜希さんに想いを寄せてることを嗅《か》ぎ取った押尾和博が罠を仕掛ける気になった。つまり、わたしを殺人者に仕立てることで、昔の恨みを晴らそうと企《たくら》んだんでしょう」

「もう一つは？」

房江が会話に加わった。

「息子さんのレイプ事件が仕組まれたものであることを証拠だてる何かを亜希さんが摑んでたのかもしれません。考えられるのは、友樹さんからビッグ・スキャンダルを摑んだという話を亜希さんが生前、電話で聞いてたか、及川法律事務所からの調査報告書で陰謀の気配を感じ取ってたかですね。わたしが読ませてもらうことになってた調査報告書は、亜希さんの部屋から消えてたんですよ。新宿署刑事課も、それを捜査資料として持ち帰ってません」

「押尾という男が調査報告書を盗み出したんじゃないのかしら？」

「そうなのかもしれません。押尾を追い込めば、娘さんの事件は解明するでしょう。しかし、さきほど話しましたが、わたしは亜希さん殺しの重要参考人として警察にマークされてるんです。迂闊《うかつ》に押尾に近づいたら、わたしは身柄を拘束されることになるでしょう」

「それだから、こちらで友樹の事件を調べてみる気になられたのね？」

「ええ、そうなんです」

「友樹は分別のある息子です。キャバクラで働いてる女の子の自宅マンションに押し入って、淫らな行為に及ぶなんて考えられません。息子は〝道警のその後〟の追跡取材中に何か見てはならないものを見てしまったんでしょう。だから、婦女暴行犯に仕立てられたにちがいありませんよ」

「道警が道民を裏切るようなことをしてるとは思いたくありませんが、そうなのかもしれませんね」

「息子の嫁は警察の話を鵜《う》呑《の》みにして、友樹が逮捕された日に函館の実家に帰ってしまって、それっきりなの。それだから、亜希が兄の力になりたいと言って、自分で人権派弁護士の及川先生の事務所に行ったんですよ」

「わたしが友樹の弁護費用の全額を負担すべきだったんだ」

亜希の父が悔やむ顔つきで、銀髪を掻《か》き毟《むし》った。

「あなたが悪いわけじゃないわ。年金だけで暮らすことに不安を覚えたわたしがいけないんですよ。お金を出し惜しみしたから、亜希が依頼人になってしまったの。亜希がこんな形で若死にすることになったのは、わたしのせいだわ。お父さん、ごめんなさい」

房江が夫の肩に取り縋《すが》って、くぐもり声で謝罪した。

「母さんが悪いんじゃないよ。わたしがもっとしっかりとしてれば、こんな不幸は招かなかったんだ。老後、子供たちに経済的な負担をかけたくないという思いばかりに捉《とら》われて、つい退職金を出し惜しみしてしまった。わたしは夫婦の今後の生活のことに捉われすぎて、大事な子供たちを蔑《ないがし》ろにしてしまった。駄目な父親だ」

「ううん、悪いのはわたしよ」

夫婦は涙ぐみながら、互いにかばい合った。

生方は何も言えなかった。二人に断って、キャビンをくわえる。

一服し終えたとき、亜希の父が顔を向けてきた。

「わたしたち夫婦は娘の告別式が終わるまで動くに動けないんです。及川弁護士の事務所と友樹の勤務先に行けば、何か手がかりを得られるかもしれませんね」

「むろん、そうするつもりでした。告別式には失礼することになるかもしれませんが、納骨のときには立ち合わせてください」

「生方さんのお気持ちはありがたいが、娘と恋仲だったわけではないんですから、そこまでお気を遣《つか》わないでください」

「ご迷惑でなかったら、ぜひ立ち合わせてください。そうしないと、わたし自身、前に進めない気がするんですよ。きょうは、これで失礼します」

生方は立ち上がった。故人の両親に一礼し、休憩室を出た。

セレモニー・ホールの前でタクシーの空車を拾い、中央区に向かう。

及川恵介法律事務所は日本銀行の裏手のオフィス・ビルの七階にあった。大通公園にほど近い。

生方は及川弁護士のオフィスに入り、受付の女性に顔写真付きの警察手帳を提示した。北海道タイムス社会部記者の高見沢友樹の妹と知り合いであることも告げた。

「高見沢亜希さんが東京の自宅マンションで絞殺されたことを知って、所長の及川はお兄さんの事件とリンクしているかもしれないと申していました」

「そうですか。及川先生にお目にかかりたいんですが、取り次《つ》いでいただけますか？」

「はい、すぐに」

相手が内線電話をかけた。

生方はぼんやりと所内を眺めた。事務所は広かった。事務机が十卓ほど据《す》えられ、壁際にはスチール・キャビネットと資料棚がずらりと並んでいる。

所属の弁護士や調査員たちが、それぞれ仕事に没頭していた。女性事務員の姿も幾人か目に入った。

「すぐにお目にかかるそうです。どうぞこちらに」

受付の女性が言って、奥の所長室に向かった。生方は後に従った。

所長室は二十五畳ほどの広さだった。出入口近くに応接ソファ・セットが置かれ、その向こうに両袖机が見える。背後の書棚は法律書で埋まっていた。

受付の女性が下がった。

生方は名乗って、及川弁護士と名刺を交換した。及川は四十代の前半で、知的な面立《おもだ》ちをしている。上背もあった。

二人はコーヒー・テーブルを挟んで向かい合った。生方は亜希との関わりを語り、彼女の事件の容疑者と見られていることも喋った。

「亜希さんが殺されたという報道に接したとき、わたし、直感的に兄の友樹さんの事件と何かつながりがあると思いました」

及川が言った。

「実はわたしも、そういう可能性もありそうだと感じたんで、北海道に来てみたんです」

「そうですか。後《あと》で友樹さんの事件に関する調査報告書の写しを差し上げますが、その前に亜希さんの事件の詳細を教えていただけますか」

「わかりました」

生方は亜希が殺害された日のことを包み隠さずに話した。自分が新宿署刑事課に怪しまれた理由も明かした。

「あなたを陥れた押尾という男が二人一役のトリックを使ってアリバイ工作をしたことは当然、刑事課の方に話されたんでしょう?」

「ええ、強行犯一係の所という刑事に言いました。しかし、すんなりと信じてはくれなかったようです。押尾がわたしを殺人犯に仕立てるために、いろいろ工作をしましたんでね。それに被害者の右手の爪の間から採取された人間の皮膚の一部がO型と判明したんですよ。わたしの血液型も偶然ですが、同じなんです。刑事課は押尾のDNAを検《しら》べたはずなんですが、その結果については何も教えてくれないんですよ。そればかりか、なぜだかわたしのDNAを検べようとはしないんです。何か作為《さくい》があるんでしょうね」

「そんなことで、ますます嫌疑が強まったんだな」

「そうなんでしょう。しかし、いずれDNA鑑定でわたしが殺人者でないことは明らかになるでしょう。ただ、状況証拠は不利です。それで、刑事課の連中はわたしを完全にはシロではないと考えてるんでしょうね。わたしが亜希さんの自宅マンションを訪ねたのは、こちらから彼女に郵送された高見沢友樹さんの事件に関する報告書を読ませてもらうためでした。しかし、それは犯人に持ち去られてしまったようなんです」

「そうなら、兄妹《きょうだい》の事件はリンクしてるにちがいありませんよ。おそらく高見沢亜希さんを殺害した犯人が調査報告書を盗み出したんでしょう。いま、同じものをお見せします」

及川弁護士が深々としたソファから腰を浮かせ、自分の執務机に歩み寄った。卓上から調査報告書の写しを手に取り、ソファ・セットに引き返してくる。

生方は調査報告書を受け取り、すぐさまパソコンで打たれた文章を目で追いはじめた。

高見沢友樹が婦女暴行容疑で札幌中央署に連行されるまでの事件経過が綴《つづ》られ、逮捕後の被疑者供述も克明《こくめい》に記《しる》されていた。

高見沢友樹は犯行を全面否定している。事件当夜、亜希の兄は一面識もないホステスの川路奈々、二十二歳から麻薬密売組織のことをリークすると電話で告げられ、彼女の勤め先のキャバクラ『エンジェル』に出向いた。

閉店後、奈々に誘われ、自宅マンションに同行した。もてなされたコーヒーを飲んで間もなく高見沢は寝入ってしまった。めざめると、ベッドの上で素っ裸の奈々が泣きじゃくっていた。

高見沢は眠っている間にトランクス一枚にされていた。トランクスには、ふだん奈々が使っている口紅の痕が付いていた。奈々は警察の取調べに対して、高見沢にフェラチオを強《し》いられた後、力ずくで犯されたと供述している。彼女の膣内には、A型の精液が残っていた。高見沢も同じ血液型だった。ただし、DNAは被疑者と一致していない。

（亜希から聞いた通りだな）

生方は報告書から顔を上げた。

「被疑者とは札幌中央署と拘置所で合計三回接見しましたが、一貫して犯行を否認してます。わたしは高見沢記者は無実だと信じてます。DNAが異《こと》なってますからね。彼はキャバクラ嬢の罠に嵌《は》められたんですよ。もちろん、川路奈々の背後には高見沢友樹を陥れる必要のあった人物がいたはずです」

「被疑者のDNA鑑定で殺人容疑は晴れるのに、なぜ拘置しつづけるのか。それが謎だな。警察か、道警に影響力のある有力者が意図的に高見沢記者を釈放したがらないようですね」

「そう考えてもいいでしょう。この事件の調査を担当したのは、五年前まで札幌地検で検察事務官を務《つと》めてた水島肇《みずしまはじめ》という調査員なんですよ。五十一なんですが、実にフットワークが軽いんです。一流の調査員ですね。いま、彼をここに連れてきます」

ふたたび及川は立ち上がり、所長室から出ていった。

数分待つと、額の禿《は》げ上がった五十絡《がら》みの男を伴《ともな》って所長室に戻ってきた。調査員の水島だった。

　生方は立ち上がり、水島に名刺を手渡した。すぐに水島も自分の名刺を差し出し、及川弁護士のかたわらに坐った。

「川路奈々の交友関係から何か出てきました？」

　生方は水島に訊《き》いた。

「レイプ事件の被害者は、やくざ者とつき合ってました。そいつは北誠会勝沼組《ほくせいかいかつぬまぐみ》の組員で、広瀬忠典《ひろせただのり》という奴です。年齢は三十三ですね。おそらく奈々は広瀬に頼まれて、北海道タイムス社会部記者を婦女暴行犯に仕立てたんでしょう。いかにも筋者《すじもの》が思いつきそうなことですからね。美人局《つつもたせ》よりは少し手が込んでますが」

「ま、そうですね。北誠会は札幌を縄張りにしてる暴力団ですか？」

「北誠会は札幌一帯はもとより、小樽、函館まで仕切ってる組織ですよ。構成員は約六千人で、道内で最大の暴力団です。北海道南部や東部にはそれぞれ別の組織があるんですが、四、五年前から縄張りを荒らしてるんです。十年以内には、北誠会が北海道全域を勢力下に治《おさ》めるんじゃないのかな？　会長の今岡直孝《いまおかなおたか》は商才に長《た》けてて、表のビジネスでもだいぶ儲《もう》けてるんですよ。ベンチャー企業やファンド・マネーに巨額を投資してるみたいですね」

「勝沼組は二次組織なんですか？」

「そうですが、組長の勝沼は今岡会長の片腕の武闘派やくざなんです。組員数は五百数十人で、奈々の彼氏の広瀬は一応、準幹部ですね。どうも勝沼組長に目をかけられてるようです」

「北海道タイムスは二〇〇四年に北海道警の裏金のことを告発して、今度は〝道警のその後〟と銘打った追跡キャンペーンの取材をしはじめてるとか？」

「ええ、そうです」

及川が水島を手で制し、先に口を開いた。

「取材開始直後に高見沢記者が婦女暴行犯に仕立てられたわけですから、そのことと無縁ではないような気がします」

「道警はほとぼりが冷めたと考え、また組織ぐるみで捜査費を水増し請求して、せっせと裏金づくりに励みはじめてんだろうか。そうは思いたくありませんが、そうなのかもしれないな」

「そのあたりのことを水島に探ってもらってるんですが、まだ尻尾《しっぽ》は握ってないんですよ」

「そうですか」

「北海道タイムスの社会部は、もうお訪ねになったんですか？」

「いいえ、まだです。これから、訪ねてみようと思ってるんですよ」

「それでしたら、社会部長の芳賀清《はがきよし》氏に電話で生方さんのことを話しておきましょう。芳賀部長は閉鎖的な警察社会には批判的ですが、骨のある熱血警官にはシンパシーを感じてる方ですから」

「そうですか」

「川路奈々と広瀬の個人情報と顔写真を生方さんに提供してあげて」

「はい、すぐ用意します」

調査員の水島があたふたと所長室から出ていった。

「この報告書の写し、頂戴《ちょうだい》しますね。アポなしで押しかけて、申し訳ありませんでした」

「いいえ。第一回公判で検察側を蒼《あお》ざめさせてやるつもりです。何か有力情報をキャッチしたら、ご協力ください。こちらも全面協力するつもりでいます」

「ひとつよろしくお願いします」

生方は所長室を出て、出入口付近で水島から書類袋を受け取った。報告書の写しを書類袋の中に入れ、及川法律事務所を後にする。

北海道タイムスの本社ビルは、北一条西四丁目にある。歩いて行ける距離だ。

生方は大通を進み、大通西三丁目の交差点を左に折れる。四、五十メートル先に、目的の新聞社があった。

生方は受付カウンターで芳賀部長との面会を求め、四階の社会部に上がった。出入口の前で待ち受けていた五十三、四の男が芳賀部長だった。

「及川弁護士から電話をもらいました」

「新宿署の生方です」

二人は名刺交換を済ませると、会議室に入った。若い女性記者が二人分のコーヒーを運んできた。

生方は、これまでの経過を伝えた。

「そういうことなら、ご自分で無実であることを立証したいですよね」

「ええ。高見沢記者が〝道警のその後〟の取材で、何かスクープ種《だね》を摑んだのではないかと推測してみたんですが、どう思われます？」

「そうだとしたら、高見沢はデスクや部長のわたしには報告するでしょう」

「そうでしょうね。しかし、まだ特種《とくだね》になるかどうかわからない場合は職場の同僚や上司にも洩らさないんでは？」

「ええ、それは考えられますよね」

「そんな情報《ネタ》を実の妹には、こっそり話していたとは考えられませんか？」

「なんとも言えないな。特種になりそうな予感を覚えて、つい家族や親しい友人に洩らした経験はわたしにもあります。しかし、そうすることによって、身内や友人に危険が及ぶことも予想できますからね」

「そうだな。なら、高見沢友樹さんが仕事のことで妹さんに誰かのスキャンダルを教えたなんてあり得ないでしょうね？」

「そんなことはしないと思いますよ。ただ、スキャンダルを握られた者は新聞記者が親兄弟や友人に自分の醜聞を喋るかもしれないと疑心暗鬼《ぎしんあんき》に陥るかもしれないな」

「そうだったんだろうか。ええ、考えられますね。致命的なスキャンダルを握られた奴が高見沢記者をレイプ犯に仕立て、その妹の身を第三者に穢《けが》させようと悪謀《あくぼう》を巡らせた。しかし、手違いがあって、亜希さんは絞殺されてしまった。そういう読み筋《すじ》もできますね」

「そういうこともありうるな。妹さんのことは別にして、わたしは高見沢がなぜ婦女暴行の濡れ衣を着せられたかをずっと考えてきたんですよ。誰かが致命的な弱みを彼に押さえられたんなら、まず口を封じることを真っ先に考えるものでしょ？」

芳賀がコーヒーをブラックで啜《すす》った。

「ええ、そうですね。亜希さんの兄貴は恥ずかしい犯罪の加害者にされた」

「それが謎なんですよね」

「見当外れだったら、笑ってください。高見沢記者を陥れた黒幕は北海道タイムスさんに裏取引を持ちかける気でいるんではないでしょうか？」

「裏取引ですって⁉」

「ええ。何か不都合なことを記事にされたら、身の破滅を招く。だから、社会部記者をレイプ犯に仕立てた。正体不明の相手は新聞社が大きな不祥事に目をつぶってくれたら、強姦事件の被害者に虚偽の証言をしたと言わせる気なのかもしれません」

生方は言った。

「それ、考えられますね」

「北海道警が、以前のように裏金づくりをしてる気配はないんですか？」

「現在のところ、どの記者もそういう事実は摑んでないんですよ。拘置中の高見沢と話をできればいいんですが、被疑者と接見できるのは弁護士だけですからね」

「ええ」

「もどかしいな」

芳賀が言って、コーヒー・カップを乱暴に受け皿の上に置いた。

「高見沢友樹さんは及川弁護士に誰かのビッグ・スキャンダルを摑んだとは言ってないよ

うなんですよ」

「高見沢はスクープすることを生き甲斐にしてるとこがあるから、弁護士の先生にも内緒にしてるんだろうか。いずれ自分の嫌疑は晴れると信じてね」

「そうなんでしょうか。とにかく、川路奈々の動きを少し探ってみます。いただきます」

生方はコーヒー・カップに手を伸ばした。

3

ジンギスカン鍋が熱くなった。

鍋は熔岩石の上に置かれている。札幌市中央区南四条西三丁目にあるジンギスカン店だ。

生方は鍋の縁《ふち》の部分に玉葱《たまねぎ》、長葱《ながねぎ》、エリンギを並べ、中央部にアイスランド産のラム肉を置いた。一人前七百五十円だが、量はあまり多くない。二人前のラム肉を注文していた。

生方はラム肉を焼きながら、嵌《は》め殺しのガラス窓から通りの向こうにある八階建ての賃貸マンションを注視しつづけた。

奈々の部屋は三〇五号室だった。窓は明るい。午後六時過ぎだった。

ラム肉が焼けた。生方はライスを掻《か》き込みながら、醬油だれでラム肉を味わいはじめた。癖がなく、軟らかい。三人前でも食べられそうだ。地元丘珠《おかだま》産の玉葱は甘みがあった。

夕食を摂《と》り終えたとき、白いものがちらつきだした。牡丹雪《ぼたんゆき》だった。一服しているうちに、みるみる視界が利《き》かなくなった。

生方は勘定を払い、急いで店を出た。猛烈に寒い。ムートン・コートのボタンを掛け、襟《えり》を立てる。それでも凍《い》てついた大気が首筋を刺した。

生方は横断歩道を横切り、『すすきのスカイハイツ』の前にたたずんだ。降りしきる雪の中で長くは立っていられなかった。生方は、地下鉄南北線すすきの駅に通じる階段に駆け込んだ。

三段ほど下って、そこから奈々の住む賃貸マンションの表玄関に目を注ぐ。見通しはよくない。

雪片が容赦《ようしゃ》なく顔面に当たる。生方はステップの上で足踏みをしはじめた。

十分ほど経《た》つと、コートのポケットで携帯電話が打ち震えた。張り込みの前にマナー・

モードに切り替えておいたのである。

生方は携帯電話を摑《つか》み出し、サブディスプレイを見た。発信者は少年一係の進藤係長だった。

「刑事課の連中が生方君の自宅マンションを張り込みはじめたようだよ」

「そうですか。朝になっても部屋の電灯が点けっ放しだったら、留守だって見破られちゃうからな」

「そうだね。しかし、警部の行き先はすぐには割り出せないだろう。といっても、数日後にはおそらく……」

「それまでの勝負か」

「札幌で何か手がかりは？」

「まだ大きな収穫は得られてないんですよ」

「そう」

「進藤さん、刑事課の動きを今後も教えてもらえます？」

「もちろん、そのつもりでいたよ。強行犯一係の所刑事は、DNA鑑定よりも自分の勘が正しいと思い込んでるようだぜ。あいつは生方君が高見沢亜希殺しの真犯人《ホンボシ》と思ってるようだから、あまり持ち時間はないと考えたほうがいいね」

「わかってます」

生方は先に電話を切った。携帯電話をムートン・コートのポケットに突っ込んだとき、『すすきのスカイハイツ』の表玄関から若い女が現われた。

川路奈々だった。写真よりも、少し老《ふ》けて見える。奈々は毛皮のハーフ・コートを着ていた。下は柄物のワンピースで、黒いスパッツを穿《は》いている。

働いているキャバクラに出勤するには少々、時刻が早い。奈々はどこかで腹ごしらえをしてから、『エンジェル』に向かうのか。それとも、美容院で髪をセットしてもらうのだろうか。

奈々がブランド物らしい花柄の傘を拡《ひろ》げ、雪の中を歩きはじめた。生方は、ごく自然に地上に出た。

奈々は、すすきの交差点方面に進んでいた。

生方は三十メートルほどの距離を保《たも》ちながら、キャバクラ嬢を尾行した。

奈々は、すすきの交差点を渡った。少し先にある札幌東急インの斜め前の横断歩道を抜けて、月寒《つきさむ》通《どおり》を突っ切った。

すぐに奈々は飲食街に足を踏み入れ、あたりを見回しはじめた。挙動不審だ。どうやら彼女は何かを警戒しているようだ。

尾行を覚《さと》られてしまったのか。

生方は一瞬、そう思った。だが、彼女は一度も後方を振り向くことはなかった。思い過ごしだろう。

ほどなく奈々は、レトロな喫茶店に入った。昭和に開業された店らしく、軒灯に純喫茶という文字が見える。店名は『スワン』だった。

生方も店に入った。

奈々はレジに近いテーブル席に坐っていた。ひとりだった。生方は奈々の斜め後ろのシートに腰かけ、コーヒーを注文した。

奈々は脱いだ毛皮のコートを膝の上に置き、細巻きのアメリカ煙草を喫《す》いはじめた。それから間もなく、彼女のテーブルにミルク・ティーが運ばれてきた。しかし、ティー・カップに手を伸ばそうとはしない。

奈々は紫煙をくゆらせながら、腕時計を覗いた。交際している勝沼組の広瀬と落ち合うことになっているのか。

生方は店の出入口に目を向けた。

そのとき、奈々が煙草の火を消した。人目もはばからずに大きな欠伸《あくび》をし、指先で卓上を叩きはじめた。マニキュアは毒々しいまでに赤い。何か苛立《いらだ》っている様子だ。

生方のテーブルにコーヒーが届けられた。

ブラック・コーヒーをふた口飲んだとき、どこか崩れた印象を与える若い男が『スワン』に入ってきた。二十四、五だろう。

長く伸ばした髪を後ろで束《たば》ねている。俗にサムソン・ヘアと呼ばれている髪型だ。黒革のオートバイ・ジャンパーをだらしなく着込んでいた。下は、だぶだぶの草色のカーゴ・パンツだ。両手にデザイン・リングを四つも光らせている。

男は片手を軽く挙《あ》げ、奈々の前にどっかと腰を下ろした。ウェイトレスがオーダーを取りに来た。

「水だけでいいよ。おれ、すぐに出るからさ」

男はウェイトレスを追い払うと、前屈《まえかが》みになった。

「頼んだ物、持ってきてくれた?」

「持ってきたよ。でも、彼氏にバレたら、危《ヤバ》いことになるんじゃねえの?」

「ヒコは心配しなくてもいいの。注射器《ポンプ》はずっと使ってないんだから、バレっこないわよ。注射痕も目立たなくなってきたからさ」

「けどよ、錠剤に変えても、覚醒剤はエス《エス》だからな。もうやめたほうがいいって」

「偉そうなこと言わないでよ。パケ使ってたとき、あんた、あたしに代金の一部を体で払わせたわよね。そのこと、広瀬に言ってもいいわけ？」

「まいったなあ」

　ヒコと呼ばれた男が苦笑し、両手で髪を撫でつけた。

「出してよ」

「いいのかな」

「ちゃんと五十錠分のお金を払うわよ。だから、早く〝エクスタシー〟を出して」

「奈々、声がでかいよ」

「臆病ね、ヒコは」

　奈々がせせら笑った。〝エクスタシー〟というのは、錠剤型の覚醒剤だ。白い粉を溶かして体内に注入するほうが速効性はある。

　しかし、それでは腕に注射痕が残ってしまう。そのため、舌の裏や足の指の股に注射針を突き立てる覚醒剤中毒者もいる。

　それでも、薬物を使用していることを見抜かれてしまうケースが多い。そんなことから、十数年前から都市部で錠剤型麻薬が密売されるようになったのである。

　〝エクスタシー〟を常用していても、他人に幻覚症状を覚られなければ、まず警察に通報される心配はない。もちろん、尿検査を強《し》いられたら、薬物を使ったことはわかってしまう。

「薬物《ドラッグ》を売ってるおれがこんなこと言うのもなんだけどさ、奈々、もうエスは卒業しろよ。おれ、廃人になった奴らをたくさん見てきたんだ。幼馴染《おさなな じ》みの奈々がそんなふうになったら、なんか遣《や》りきれねえよ」

「あたしに覚醒剤《シャブ》の味を覚えさせたのは、ヒコじゃないの」

「一、二回でやめると思ったんだよ。だからさ、サービス用のパケを回してやったんだ。でも、奈々はハマちまった」

「そりゃ、ハマるわよ。頭の中がひんやりして冴《さ》えてくるし、怖いものなんかなくなっちゃう。それにさ、性感も何十倍にもなるんだよ」

「エスに催淫《さいいん》効果があることは事実だけどさ、そんなふうに感じるのは錯覚だって。せいぜい感度は倍になる程度だよ」

「ううん、そんなことない。エスを体に入れてると、あたし、エンドレスでイキまくっちゃうもん」

「そう感じるだけだって。クライマックスに達せるのは三、四回だよ。相手がテクニシャンなら、エスなしでもそのくらいは……」

「とにかく、もう〝エクスタシー〟とは縁を切れない。ヒコ、早く出してよ」

「どうなっても知らねえぞ」

ヒコが肩を竦《すく》め、オートバイ・ジャンパーから小さな紙袋を掴み出した。袋には、調剤薬局名が印刷されていた。カムフラージュだ。

奈々が紙袋を受け取り、テーブルの下で代金を渡した。小さく折り畳まれた一万円札は一枚ではなかった。

「あんまし使うなよ」

ヒコが立ち上がって、店から出ていった。

奈々は毛皮のコートの下に紙袋を隠すと、卓上のコップを引き寄せた。すぐに錠剤型覚醒剤を服《の》む気らしい。

生方はそっと立ち上がり、毛皮のコートの下から白い紙袋を抜き取った。

「な、何すんのよ!?」

奈々が声を張った。ウェイトレスや客の視線が向けられた。

生方は刑事であることを明かし、奈々に毛皮のコートを羽織らせた。二人分の勘定を払い、店の外に出る。

「ヒコって奴との遣《や》り取りは一部始終、聞いてた。一緒に来てもらうぞ」

「おたく、札幌中央署の刑事さん？」

「東京の新宿署の者だ」

「あたし、東京で危《ヤバ》いことなんかしてないよ。人違いでしょ？」

「とにかく、来てくれ」

　生方は奈々の片腕を摑んで歩きはじめた。

　数百メートル進むと、レンタル・ルームが目に留《と》まった。表向きは商談用のオフィス・ルームだが、実際にはカップルたちがラブ・ホテル代わりに使っているようだ。

生方は奈々をレンタル・ルームの一室に連れ込んだ。

三畳ほどの広さで、ソファ・ベッドとパソコン・デスクが置かれていた。ノートパソコンは使われた痕跡がない。

　生方は奈々をソファ・ベッドに坐らせ、紙袋の中を検《あらた》めた。ポリエチレン袋の中には、白い錠剤が収まっていた。ざっと数えて四、五十錠はありそうだ。

「こいつが〝エクスタシー〟であることは検査する必要はないな」

「あたしさ、キャバクラで働いてるのよ。だからさ、おたくの魂胆《こんたん》はわかってる。東京の刑事がこういう所に連れ込んだわけだから、目的はナニよね？」

　奈々が毛皮のコートを脱ぎ、ワンピースの裾《すそ》を捲《めく》り上げた。ブラジャーの一部が見えた。

「何をしてるんだ？」

「裸になるのよ。おたく、あたしを抱きたいんでしょ？　いいわよ、抱かせてあげる。その代わり、ヒコから〝エクスタシー〟を買ったことには目をつぶってよね。それから錠剤も押収しないで」

「勘違いするな」

「えっ⁉」

「おれはそっちをどうこうするつもりで、ここに連れ込んだわけじゃない。しかし、下着だけになってもらおうか」

「やっぱり、狙いはあたしの体だったんだ？」

「そうじゃない。下着姿になってくれと言ったのは、逃亡を防ぐためだ」

　生方は言った。

　奈々がにやにや笑って、手早くワンピースとスパッツを脱いだ。ブラジャーとパンティは対《つい》の黒だった。

　胸は豊かで、ウエストのくびれが深い。腰は張っている。飾り毛は薄いほうだろう。

「カッコつけないで、さっさとあたしを抱いたら。しゃぶられるのは嫌いじゃないでしょ？」

「やめろ！」

生方は、ひざまずきかけた奈々を制止した。

「何を考えてるわけ？　あたし、わかんないよ」

「いいから、ソファ・ベッドに腰かけろ」

「わかった」

奈々が命令に素直に従った。

生方は紙袋をムートン・コートのポケットに突っ込んでから、顔写真付きの警察手帳をちらりと見せた。

「本物《モノホン》の刑事さんだったんだ。あたし、偽の警察官《マッポ》かもしれないと思いはじめてたのよ」

「そっちは、北海道タイムス社会部記者の高見沢友樹を罠に嵌めたな？」

「おかしなことを言わないでよ。その新聞記者はあたしが働いてるキャバクラに初めて来たくせにさ、図々しく口説《くど》いたの。おっぱいやヒップを触《さわ》りまくって、ホテルにつき合えなんて露骨に誘ったのよ」

「分別のある新聞記者がそこまで乱れるとは思えないな、かなり酔っ払ったとしてもな」

「ほんとなんだってば。あたしがはっきりと断ったら、高見沢って奴は帰っていったわ。それでもさ、閉店後、あたしを尾《つ》けてきて、マンションの部屋に押し入ってきたのよ。

ね、言うことを聞かなかったら、覚醒剤《エス》のことを警察に密告すると脅したの」

「言ってることがまるっきり違うな。拘置所にいる高見沢友樹はそっちに麻薬密売組織に関する情報を提供してやると言われて、自宅マンションに上がったと供述してるんだ」

「嘘よ、それは」

「黙って話を聞け！　高見沢は睡眠導入剤入りのコーヒーを飲んで、不覚にも寝入ってしまった。それで、めざめると、全裸のそっちがベッドの上で泣いてたと言ってる。自分はトランクス一枚にされてたが、淫《みだ》らなことは何もしてないと犯行を強く否認しつづけてるんだ」

「高見沢って男はあたしにフェラチオさせてから、強引に突っ込んできたのよ。嘘ついてるのは、あいつのほうだわ」

「誰に頼まれたんだ、川路奈々……」

「あたしの名前まで知ってんの⁉」

「北誠会勝沼組の広瀬忠典と親しいこともわかってる」

　奈々が声を裏返らせた。

「えっ」

「広瀬に頼まれて、北海道タイムスの社会部記者を陥れたんじゃないのか？」

「違うわ。彼には関係ない事件なの。あたし、事実を喋ったのよ。高見沢が部屋から出ていった直後、あたしは札幌中央署に駆け込んでレイプされたって訴えたの。いろいろ事情聴取されて、翌朝、おまわりさんに産婦人科医院に連れていかれた。それで、あたしの膣内に高見沢の精液が残ってたんで、あいつは逮捕されたのよ。血液型がA型ということが決め手になったみたい」

「A型は日本人に最も多い血液型だから、それが決定的な証拠にならない。そっちがつき合ってる広瀬も、確かA型だった。DNA鑑定で高見沢がシロだとわかったはずだが、なぜか地検送りになった。警察は高見沢に何か都合の悪いことを知られたんで、そうしたのかもしれない」

「マンションの居住者が事件当夜、あたしの部屋から高見沢が慌《あわ》てて出ていくとこを目撃してたのよ。だから、高見沢は捕まったんだわ。あたしを姦《や》ったってことを認めちゃったら、あの男の将来は真っ黒よね。それで、否認しつづけてるのよ。そうに決まってる」

「それにしても、警察のやり方は乱暴すぎる。高見沢が不起訴処分になったら、誤認逮捕とマスコミに叩かれるだろう。それを承知で地検送りにする必要があったとしか考えられない」

「そのへんのことはわからないけど、あたしが高見沢友樹にレイプされたことは間違いないわよ。ね、それより、あたしを抱いて！　〝エクスタシー〟の件があるから、なんか不安なの」

「同じことを何度も言わせるな」

生方は取り合わなかった。

すると、奈々が思いがけない行動に出た。ブラジャーとパンティを剝《は》ぎ取り、ソファ・ベッドに横たわった。両脚をV字形に掲《かか》げ、秘めやかな部分を大胆に晒《さら》した。

「あたし、名器らしいの。男性のシンボルをすごく締めつけるんだってさ。ね、試《ため》してみて！」

「下着をまとって、服を着ろ。おれの質問にちゃんと答えれば、〝エクスタシー〟を買ったことは不問《ふもん》に付《ふ》す」

「それ、見逃してくれるって意味よね？」

「ああ」

「そういうことなら、言われた通りにするわ」

奈々が裸身を起こし、ランジェリーと衣服をまとった。それから彼女はソファ・ベッドに浅く腰かけた。

「もう一度訊《き》く。広瀬に頼まれて、高見沢友樹を婦女暴行犯に仕立てたんじゃないのかっ」

「そうじゃないってば」

「そろそろ麻薬《ヤク》が切れかけてるようだな。隠してることを吐いたら、五十錠の〝エクスタシー〟をそっくり返してやってもいい」

生方は駆け引きに入った。むろん、擬似餌《ぎじえ》を放ったにすぎない。本気で錠剤型覚醒剤を返す気はなかった。

奈々は、にわかに表情を明るませた。しかし、すぐにルアーに喰いついてはこなかった。床の一点を見つめて、何か考えはじめた。

根気較《くら》べだ。そのうち禁断症状に見舞われれば、隠していることを喋る気になるだろう。

生方は壁に凭《もた》れて、キャビンに火を点けた。

煙草をたてつづけに二本喫《す》った直後、奈々の目が虚《うつ》ろになった。喉が渇《かわ》いたらしく、しきりに唇を舐《な》め回しはじめた。そのうち、貧乏揺りもするようにもなった。視線をめまぐるしく泳がせ、溜息をつく。

「正直に喋ったら、〝エクスタシー〟を一錠だけやる」

「ほんとに？」

「ああ」

「先に錠剤を貰えない？　脂汗《あぶらあせ》が出はじめてるのよ」

「ドラッグは後だ」

　生方は突き放した。

　奈々は何か思案していたが、伏し目になった。数分が経過すると、彼女は足を踏み鳴らしはじめた。髪を掻き毟《むし》って、天井を仰《あお》ぐ。

（もうじき限界に達するな）

　生方は胸底で呟いた。

　そのすぐあと、毛皮のコートのポケットの中で携帯電話が鳴った。奈々がはっとして、携帯電話を取り出した。

「広瀬からの電話だったら、余計なことは喋るな」

「店のフロア・マネージャーからよ」

「なら、手短に切り上げろ」

　生方は言った。奈々がうなずき、デコレーションを施《ほどこ》した白っぽい携帯電話を耳に当てた。

「ううん、きょうは同伴出勤じゃない。でも、体調がよくないのよ。悪いけど、欠勤させてくれない？」

「…………」

「先月の売上高は二位だったんだからさ、わがまま言わせてよ。ううん、熱はない。けど、だるいの」

「…………」

「わかったわよ。ペナルティーとして、焼肉奢《おご》る。そういうことでよろしく！」

電話が切られた。

「喋る気になったか？」

「あたし、なんも隠しごとなんかしてないよ」

「気が変わったらしいな」

「あたしを警察でもどこでも連れていけばいいっしょ」

「北海道弁が出たな。開き直ったわけか」

「なんもなんも」

「わかった。それじゃ、こうしよう。広瀬の携帯を鳴らして、ここに来るよう言うんだっ」

生方は言った。

「それは殺されても、絶対にいや！　あたし、彼と覚醒剤《シャブ》をやめるって半年前に約束したのよ。でも、こっそり〝エクスタシー〟を買ってたの。そのことを広瀬に知られたら、半殺しにされちゃうよ」

「〝エクスタシー〟のことは広瀬には黙っててやる。だから、広瀬を誘《おび》き出してくれ」

「それもできない。そんなことをしたら、彼は狂ったように怒るはずだから」

奈々は頑《かたく》なに拒《こば》んだ。

（いったんキャバクラ嬢を泳がせるか）

生方は奈々を立たせた。

「あたしを札幌中央署に連れていくの？」

「いや、家に帰ってもいいよ」

「ほんとに？」

「ああ」

「いくら払えばいい？」

「なんだ、それ？」

「〝エクスタシー〟のこと、見逃してくれるんでしょ？　だったら、口留《ど》め料を払わないとね。いま、現金は五万弱しか持ってないのよ。コンビニのＡＴＭでお金を下ろすから、欲しい額を言って」

「おれは現職の刑事だぜ。強請屋《ゆすりや》扱いするな」

「それじゃ、只《ただ》で見逃してくれるの？」

「ああ。ただし、押収品は返せないぞ」

「わかってる。おたく、話がわかるね。惚《ほ》れちゃうかも……」

奈々は余裕ありげに冗談を口にしたが、目には落ち着きがなかった。必死で禁断症状に耐えているにちがいない。

生方はレンタル・ルームを出て、店の前で奈々を解放した。

奈々はすぐにタクシーを拾った。生方は逆方向に歩きだす振りをして、すぐさま空車に飛び乗った。尾行開始だ。

奈々を乗せたタクシーは札幌駅前通りを直進し、三越の手前を右に折れた。丸井今井《まるいいまい》の真裏にあるビリヤード屋の前に停止した。この時間帯は、たいてい広瀬忠典はキューを撞《つ》いているのだろう。

奈々がビリヤード屋に入ってから、生方はタクシーを降りた。ビリヤード屋のドアを細く開け、店内をうかがう。

奥のビリヤード・テーブルの脇で、奈々と広瀬が何か話し込んでいる。

広瀬はスリー・ピース姿だった。仕立てのよさそうな背広に身を包んでいるが、ひと目で暴力団関係者とわかる風体《ふうてい》だ。

（雪は止みそうもないから、レンタカーの中で張り込むことにしよう）

生方はビリヤード屋から離れ、表通りに向かって歩きだした。

4

缶コーヒーは生ぬるかった。

張り込んで、ちょうど一時間が経過した。

生方はレンタカーの運転席から、斜め前のビリヤード屋の出入口に視線を向けていた。

借りた車は、ありふれたカローラだった。車体の色は淡い灰色だ。尾行にはうってつけの地味な車である。

缶コーヒーを飲み終えたとき、店から広瀬が飛び出してきた。何か慌《あわ》てた様子だ。

広瀬は降りしきる雪の中を走り、数十メートル先のパーキング・ビルに駆け込んだ。

数分後、立体駐車場からブリリアント・グレイのメルセデス・ベンツが走り出てきた。

ステアリングを操《あやつ》っているのは、広瀬だった。

ベンツはビリヤード屋の真ん前に停められた。広瀬はエンジンをかけたまま車を降り、すぐさま店内に消えた。

表に出てきたのは、およそ二分後だった。

広瀬は奈々を背負っていた。奈々は何か喚《わめ》き散らしている。薬物の禁断症状だろう。広瀬はベンツの後部座席に奈々を寝かせると、急いで運転席に入った。

生方はカローラのギアをD《ドライブ》レンジに入れた。オートマチック車だった。

広瀬の車が走りはじめた。生方は口の中で十まで数えてから、レンタカーを発進させた。

ベンツは創成橋《そうせいばし》交差点を右折し、月寒《つきさむ》通に向かった。南四条橋から月寒通りに入り、豊《とよ》平川《ひらがわ》を渡った。

(広瀬は奈々を知り合いの医者のとこに連れてく気なのかもしれないな)

生方はそう思いながら、慎重にベンツを追尾《ついび》しつづけた。

広瀬の車は豊平四条二丁目交差点を右折し、しばらく豊平川と並行する形で走った。ベンツは豊平六条三丁目の住宅街に入り、戸建て住宅の車庫に納められた。敷地は百坪ほどで、家屋は平屋だった。

ふたたび広瀬は奈々を背負い、玄関に回った。家の中は真っ暗だ。広瀬の自宅なのだろう。ほどなく二人は家の中に吸い込まれた。

生方はカローラを降り、表札を確かめた。やはり、広瀬の自宅だった。

生方はレンタカーの中に戻った。様子を見ることにしたのである。

三十分が過ぎても、医者が往診に訪れる気配はうかがえない。

生方は静かにカローラを降り、広瀬宅の敷地内に足を踏み入れた。ベンツの横を通り抜け、家屋の裏手に回る。

居間らしい部屋の厚手のカーテンは、きちんと閉じ合わされていなかった。数センチの隙間《すきま》があった。

生方は、その隙間から家の中を覗き込んだ。

リビング・ソファの近くに羽毛蒲団《うもうぶとん》で簾《す》巻《ま》きにされた奈々が転がされていた。蒲団は粘着テープでぐるぐる巻きにされている。

「てめえ、おれをなめてやがるんだな。だから、また覚醒剤《シャブ》に手を出しやがったんだ」

「あたし、悪いと思ってるよ。でもね、もうジャンキーになっちゃったみたいなの」

「それで、おれに隠れて〝エクスタシー〟を買ってやがったんだなっ」

「ごめん！　ごめんなさい」

「ふざけやがって」

広瀬が怒鳴《どな》って、奈々を蹴りつけた。

「もっと蹴ってもいいから、ヒコに連絡して、〃エクスタシー〃を持ってこさせて。お願いよ」

「てめえ、まだそんなこと言ってやがるのかっ。少しも懲《こ》りてねえな」

「だって……」

「だってじゃねえ。おれは奈々を行く行くは女房《バシタ》にする気でいたから、麻薬《ヤク》をやめさせたんだ。それなのに、おれを裏切りやがって。ぶっ殺してやりてえよ」

「あたしをいっそ殺して！　死んじゃえば、もう覚醒剤《エス》には手を出せなくなるから」

「奈々を殺すことなんかできねえよ。癪《しゃく》だが、おれはおまえに惚れてんだ」

「わかってる、わかってるわ。あたしだって、あんたのことは大好きだよ。だから、今回だけ〃エクスタシー〃を使わせて。禁断症状がなくなったら、あたし、薬物中毒を治してくれる更生施設に入るからさ」

「そんなことを言ってても、また同じことを繰り返すに決まってらあ」

「あたしを信じてよ」

「いまの奈々は信じられねえな。とにかく、死にもの狂いで禁断症状と闘え。そのまま小便を垂れ流せ。糞《くそ》をしたって、かまわねえんだ。少し落ち着いたら、熱い風呂に入れてやるよ」

「あんたがそこまで優しくしてくれるのは嬉しいけど、いまは何がなんでも〝エクスタシー〟が欲しいの。一錠だけでもいいわ」

「駄目だと言ったら、駄目だ」

「あたしがこんなに苦しんでるのに」

奈々が幼児のように泣きじゃくりはじめた。

涙が涸《か》れると、今度は悪態《あくたい》をついた。そうかと思うと、意味不明の言葉を口走った。

広瀬が首を横に振って、リビング・ソファに腰かけた。奈々が喚《わめ》きたてながら、全身で暴れはじめた。

「奈々をレンタル・ルームに連れ込んだ野郎のことだが、そいつは偽の刑事じゃねえのか？」

「本物だと思うよ、ちゃんと警察手帳を持ってたから」

「ポリス・グッズの店で、本物そっくりの模造警察手帳が手に入るんだ。コピー手錠や特殊警棒だって売ってる」

「そうなの」

「ああ。その男は刑事になりすまして、おそらく五十錠の〝エクスタシー〟を横奪《ど》りする気だったんだろうな」

「あたしはそうじゃない気がする」

「どうしてそう思う？」

「そんなことより、早くヒコに〝エクスタシー〟を持ってこさせて。あたし、苦しくて自分の舌を噛《か》み切っちゃいそうだよ」

「奈々、ちゃんと答えろ！」

「どうでもいいっしょ？」

「なんだと⁉」

広瀬が弾《はじ》かれたようにソファから立ち上がり、奈々の背や腰を蹴りまくった。奈々は足《あし》蹴《げ》にされるたびに、長く呻《うめ》いた。

「その男は〝エクスタシー〟には興味なさそうだったのか？」

「うん、そう。それに、高見沢友樹のことを持ち出してきたのよ。レイプ事件には裏があるんじゃないかみたいなことを言ってた。新聞記者を罠に嵌めたんじゃないかとも言ってたわね」

「それで、奈々はどう答えたんだ？」

「あたし、余計なことは言わなかったよ」

「ほんとだな？」

「うん」

「いい子だ。奈々は北海道タイムスの社会部記者に自宅に押し入られて、力ずくで姦《や》られちまった。その前に高見沢のナニをしゃぶらされた。それが事実なんだから、誰に対しても奈々は同じことを言うんだぞ」

「わかってるって」

「奈々はいい女だ。惚れ直したよ。いい女が覚醒剤《シャブ》なんかに溺《おぼ》れちゃ、それこそ台なしだ。この際、体から麻薬《ヤク》をきれいに抜こうや」

広瀬がそう言い、ふたたびソファに腰を落とした。ほとんど同時に、奈々が泣き喚《わめ》きはじめた。

（やっぱり、亜希の兄貴は罠に嵌められたんだな）

生方は確信を深めた。

「もうじきヒコがここに来る」

広瀬が奈々に言った。

「ほんとに⁉」

「おまえを簀巻きにした後、あのチンピラに電話をしたんだよ」

「今回だけ〝エクスタシー〟を与えてくれるのね？」

「そうじゃねえ。奈々に〝エクスタシー〟を回してたヒコに少しお仕置きしてやらねえとな」

「ヒコをどうする気なの⁉　あいつから品物《ブツ》を手に入れてたことは確かだけど、別に無理強《じ》いされたわけじゃないわ」

「ずいぶん野郎をかばうな」

「ヒコは幼馴染みだから……」

「それだけじゃねえんだろ？」

「どういう意味なの？」

「一回に五十錠も〝エクスタシー〟をまとめ買いしてたんなら、麻薬《クスリ》代もだいぶ嵩《かさ》むよな。金が足りないときは、体で払ってたんじゃねえのか？」

「あたし、怒るよ。昔はともかく、あんたの情婦《おんな》になってからは別の男とは一度も寝たことない。店の上客たちに何度もホテルに誘われたけど、いっぺんだってつき合ったことないんだから」

「嘘じゃねえな？」

「もちろんよ。あんたが誰よりも好きだから、頼まれたことも……」

「その件はもう口にするんじゃねえ。しつこいようだが、ヒコとは一度も寝てねえんだな？」

「当たり前っしょ！」

「怒ったときの奈々の顔もかわいいよ」

「ヒコを半殺しにするつもりなの？」

奈々が問いかけた。

「それは奴の出方によるな。奈々に〝エクスタシー〟を売ってたことを素直に詫《わ》びりゃ、二、三発殴るだけで勘弁してやる。けど、反抗的だったら、とことん痛めつけることになるだろうな」

「悪いのは、あたしよ」

「またヒコをかばうのか。ガキのころ、あいつとお医者さんごっこぐらいしたんじゃねえの？」

「あんたなんか、嫌いよ」

「冗談だって」

広瀬がうろたえ、早口で執《と》り成《な》した。本気で奈々に惚れているのだろう。

それから何分も経《た》たないうちに、家のインターフォンが鳴った。

広瀬はソファから立ち上がったが、壁の受話器には手を伸ばさなかった。玄関に向かった。

少しすると、広瀬はサムソン・ヘアの男を伴《ともな》って居間に戻ってきた。来訪者はヒコだ。

「どうしたんです？」

ヒコが簀巻きにされた奈々を見下ろしながら、驚きの声を洩《も》らした。

「麻薬《ヤク》が切れて、暴れだしたんだよ。奈々は、おめえから〃エクスタシー〃を手に入れたんだってな？」

「それは……」

「どうなんだっ」

「そ、そうです」

「てめえは半グレの小僧っ子だが、おれが奈々に覚醒剤《シャブ》をやめさせたがってることは知ってただろうが！」

広瀬が凄《すご》んだ。

「ええ、まあ。けど、奈々がどうしてもって言ったんで、仕方なく回してやったんですよ」

「おれの情婦《おんな》を気やすく呼び捨てにするんじゃねえ！」

「すみません。奈々ちゃんが〝エクスタシー〟を分けてくれなかったら、おれが錠剤型覚醒剤を売《バイ》してることを警察《サツ》に密告《チク》るとも言ったもんですから、逆《さか》らえなかったんですよ」

「てめえ、薄情者だな。奈々は幼馴染みだろうが！　そんな相手に覚醒剤なんか売りつけやがって」

「おれはどの組にも足《ゲソ》をつけてないんで、自分で稼がなきゃなりませんからね」

ヒコが言い返した。

広瀬がいきり立ち、ヒコの胸倉を摑んだ。ヒコは眉間《みけん》に強烈な頭突きを浴びせられ、膝から崩れた。広瀬はフローリングの床にうずくまったヒコに無数のキックを見舞った。

ヒコは無抵抗だった。鼻血を流しながら、ひたすら体を丸めていた。

「どう決着《オトシマエ》をつける？」

「奈々ちゃんから受け取った代金をそっくり返します。それで、どうか勘弁してくださ い」

「てめえ、稼業人をなめてんのかっ。一週間以内に一千万の詫び料を都合しな」

「そ、そんな大金は工面《くめん》できませんよ」

「だったら、おれの前で小指《エンコ》を飛ばせや。おれは本気だぜ」

広瀬が息巻いた。

「あんた、もうヒコを赦《ゆる》してやって」

「おまえは口を挟むな」

「けど、悪いのはあたしなんだから、勘弁してやってよ」

奈々が哀願した。

そのとき、ヒコが半身を起こした。すぐに右腕を翻《ひるがえ》らせた。その手には大型カッター・ナイフが握られていた。刃が七、八センチ突き出している。

「て、てめえ！」

広瀬が後ずさって、すぐさま身構えた。

ヒコが刃物を一閃《いっせん》させ、体を反転させた。そのまま玄関に向かった。広瀬が腰の後ろから拳銃を引き抜いた。マカロフだった。

「この野郎、待ちやがれ！」

広瀬がヒコを追った。

生方は急いで広瀬宅の前に回った。早くもヒコは闇に紛《まぎ》れかけていた。

広瀬が玄関戸を勢いよく開け、外に走り出てきた。生方は広瀬の前に立ちはだかった。

丸腰だった。手錠も特殊警棒も携帯していなかった。

「誰なんでえ？」

「警察の者だ。とりあえず、物騒な物を渡してもらおうか」

「動くな。一歩でも近づいたら、ぶっ放すぞ」

広瀬がマカロフのスライドを手早く引き、初弾を薬室に送り込んだ。

生方は、やや腰を落とした。深呼吸し、恐怖を捩《ね》じ伏せる。

広瀬が一歩ずつ退《さ》がりながら、玄関の三和土《たたき》に逃げ込んだ。玄関戸の内錠が掛けられ、すぐに門灯と玄関灯が消された。

生方はベンツの横に戻った。

広瀬宅の照明がすべて落とされた。広瀬は愛人の奈々を連れて、ひとまず逃げる気になったのだろう。

生方は一瞬、一一〇番通報する気になった。だが、すぐに思い留《とど》まった。高見沢兄妹の事件に北海道警が何らかの形で関与していたら、みすみす敵の手に落ちたことになる。

おそらく広瀬たちは、裏庭から逃げる気なのだろう。

生方は積もった雪を静かに踏みながら、家屋の裏側に回った。庭木の陰に身を潜め、じっと息を殺した。

耳をそばだてる。居間で人の動く気配はしなかった。裏をかかれたのか。そんな不安が胸を掠《かす》めた。

それでも生方は、もう二分だけ待ってみることにした。一分半が過ぎたころ、ガレージで車のエンジン音が響いた。

（くそっ、やっぱり裏をかかれた）

生方は腰を伸ばし、車庫に向かって駆けた。

ベンツが急発進した。助手席には奈々が坐っている。ドイツ車は家の前の道に出ると、右側に走りだした。

生方は道路に躍《おど》り出た。

レンタカーは逆方向に駐《と》めてある。車首を変える余裕はない。

生方は全速力でベンツを追いかけた。

だが、瞬《また》く間に引き離されてしまった。じきに広瀬の車は白い闇に呑《の》まれた。

生方はレンタカーに駆け戻り、付近一帯を巡ってみた。しかし、ベンツはどこにも見当たらなかった。

（忌々《いまいま》しいが、仕方ない。今夜の塒《ねぐら》を探そう）

生方はステアリングを拳《こぶし》で打ち据《す》え、カローラを市街地に向けた。

第三章　汚れた金の行方

1

瞳孔《どうこう》を刺された。

思わず生方は目を細めた。前夜、降り積もった雪の照り返しが鋭い。

生方はビジネス・ホテルの窓辺に立ち、往来を眺めていた。

ホテルは二条市場のある通りに面している。午前十時過ぎだった。

生方は新しい下着とソックスを身につけていた。どちらも昨夜、二十四時間営業のスーパーで買い求めた物だ。ほかに着替えの綿ネルの長袖シャツや丸首のバルキー・セーターなども購入した。

（広瀬がこっそり自宅に戻ってるかもしれない）

生方は五階にある部屋を出て、エレベーターで一階ロビーに降りる。フロントで精算を済ませ、地下駐車場に下った。レンタカーに乗り込み、ただちに広瀬の自宅に向かう。

十数分で着いた。広瀬宅はひっそりと静まり返っている。

生方はカローラを降り、念のためにインターフォンを鳴らしてみた。やはり、応答はなかった。留守なのだろう。

(ひょっとしたら、広瀬たち二人は奈々の部屋にいるのかもしれないな)

生方はレンタカーの中に戻り、キャバクラ嬢の自宅マンションに急いだ。

しかし、『すすきのスカイハイツ』の三〇五号室には誰もいなかった。両隣の部屋の主に声をかけてみたが、前の晩、奈々が帰宅した様子はうかがえなかったという。

生方はカローラの運転席に入り、北誠会勝沼組の事務所に向かった。

組事務所は狸小路《たぬきこうじ》五丁目にある。十分そこそこで目的地に着いた。

六階建てのビルには、代紋の類《たぐい》は掲《かか》げられていない。だが、窓という窓は弾除《たまよ》けの鉄板で覆《おお》われている。見る人が見れば、すぐに暴力団の組事務所とわかるはずだ。

一階の表玄関には、勝沼興産、勝沼商事、勝沼水産という三つの社名がプレートに刻まれている。生方はカローラを組事務所の斜め前に停め、出入りする男たちの顔を一つずつ目で確かめた。広瀬の姿は目に留《と》まらなかった。

　生方は組事務所の袖看板を見上げた。

勝沼興産の代表電話番号が記してあった。生方は携帯電話を懐から摑み出し、非通知で勝沼興産に電話をかけた。受話器を取ったのは若い男だった。

「わたし、広瀬忠典の従兄《いとこ》です。忠典と緊急に連絡を取りたいんですが、携帯の電源が切られてるんですよ。豊平六条の自宅に行ってみたんですが、留守だったんです」

　生方は、もっともらしく言った。

「広瀬の兄貴は釧路《くしろ》に行ったのかもしれませんね、勝沼水産のビジネスで。ロシア海域で獲《と》れた水産物をサハリンから輸入してるんですよ」

「釧路に行ってるとしたら、従兄《いとこ》はどこに？」

「取引先の『旭洋水産《きよくよう》』ですよ。失礼ですが、何があったんです？」

「わたしの母親が危篤《きとく》なんです。それで、甥の忠典に会いたがってるんですよ。おふくろは、腕白だった甥っ子をとってもかわいがってたんです。忠典のほうも、わたしの母に甘えてました」

「おたくさんのお母さんは、兄貴のおふくろさんのお姉さんに当たるんですか？」

　相手が訝《いぶか》しげに確かめた。

「ええ、そうです」

「おかしいな。兄貴のおふくろさんは弟がひとりいるだけだがな」

「わたしの母と忠典の母親は異父姉妹なんです。それだから、忠典はわたしのおふくろのことを他人にはあまり喋らなかったんでしょう。多分、そうですよ」

「なんか怪しいな。おたくさんの名前は？」

「中村一郎《なかむらいちろう》です」

「それ、偽名っぽいな。あんた、誰なんだ？」

「忠典の従兄だと言ったでしょ？　また、あいつの携帯を鳴らしてみます」

生方は一方的に言って、終了キーを押した。

携帯電話を折り畳んだとき、着信ランプが点滅しはじめた。電話をかけてきたのは、及川弁護士だった。

「亜希さんの亡骸《なきがら》は少し前に火葬場に向かいました」

「そうですか。告別式に出られなくて、故人には申し訳ないことをしたと思ってます」

「仕方ありませんよ。告別式の席で、ご両親に高見沢友樹さんの弁護活動を続行してほしいと頼まれました。それで、きょうの午後一時半に拘置所で友樹さんと接見することになったんですよ」

「そうなんですか」

「生方さんは当然ご存じでしょうが、拘置中の未決囚と接見できるのは弁護士だけです」

「ええ、そうですね」

「あなたにも友樹さんとの遣《や》り取りを直《じか》にお聞かせしたほうが捜査の役に立つと考え、わたし、胸ポケットに集音マイクを忍ばせて、接見室に入るつもりです」

「えっ」

「拘置所の職員は弁護士のボディ・チェックはしません。看守も席を外してくれます」

「大丈夫なんですか、そのような際《きわ》どいことをなさっても」

「友樹さんの無実を勝ち取りたいんですよ。厳密には非合法行為ということになりますが、わたしはやってしまいます。午後一時までに拘置所の少し手前にある『ノア』というコーヒー・ショップに来ていただけませんか。その店で生方さんにイヤホン付きの受信機をお渡ししてから、わたしは友樹さんに接見します」

「ご協力に感謝します」

生方は言った。

及川弁護士が拘置所のある場所を細かく説明し、通話を打ち切った。

生方は正午過ぎまで勝沼組の事務所に貼りつき、札幌市郊外にある拘置所に向かった。

車の流れはスムーズだった。『ノア』まで時間は三十分も要さなかった。生方はレンタカーをコーヒー・ショップの近くの路肩《ろかた》に寄せた。拘置所の塀《へい》は高かった。

亜希の兄が独居房で絶望と不安に打ちひしがれているかもしれないと思うと、胸を締めつけられた。強姦事件に北海道警が絡んでいるとしたら、凄腕の人権派弁護士も勝訴することは難しいのではないか。

北海道タイムスの社会部記者は汚名を着せられたまま、失意の日々を送ることになるのか。そんなことになったら、殺害された亜希は浮かばれないだろう。

(身内に矢を向けることになるかもしれないが、正義感を忘れちゃいけない。なんとしてでも高見沢友樹の冤罪《えんざい》を晴らし、亜希を殺《や》った犯人を突きとめてやる)

生方は気負《きお》い立って、『ノア』の扉《とびら》を押した。

店内は細長かった。通路を挟んで両側にボックス・シートが並んでいる。

奥まった席に、常連らしい男が数人いるきりだった。生方は出入口寄りの席に落ち着き、コーヒーを頼んだ。

注文した飲み物は、じきに運ばれてきた。

生方は煙草を喫《す》いながら、ゆったりとコーヒーを啜《すす》った。ドリップ式のコーヒーだった。ブレンド・コーヒーだったが、味は悪くなかった。

　及川弁護士が店に入ってきたのは、約束の時刻の三分前だった。

　生方たちは向かい合った。及川は少し迷ってから、紅茶をオーダーした。

「仕事で一日に十杯前後のコーヒーを飲んでるもんですから、たまには胃に優しい飲み物をね」

「いい心がけだと思います。冤罪に泣いてる人たちは及川さんを頼りにしてるんでしょうから、せいぜい体を労《いたわ》ってください」

「生方さんこそ、あまり無理をなさらないように。それで、何か手がかりは摑めました？」

「ええ、少し」

　生方は昨晩のことをつぶさに話した。

「広瀬宅の敷地に無断で入って、広瀬と奈々の会話を盗み聴きされたんですか。れっきとした犯罪行為ですね。うふふ」

「ええ、そうなりますね。しかし、相手はまともな市民じゃないんです。ちょっとした違法行為は勘弁してほしいな」

「別段、あなたを咎《とが》めてるわけではありませんよ。わたしだって、これから上着の胸ポケットに高性能な盗聴マイクを忍ばせて、接見室に入るつもりなんですから、生方さんのことは非難できません。それはそうと、広瀬たち二人の遣《や》り取りからレイプ事件は仕組まれたものとほぼ断定できます」

「ええ。問題は、謀略のシナリオを誰が練ったかですね。高見沢記者が勝沼組の不正の証拠を何か押さえたと推測できますが、単にそれだけではなかったんでしょう」

「わたしも、そう読んでます。北海道タイムスが〝道警のその後〟の取材を開始した直後に高見沢さんは婦女暴行犯に仕立てられてます。ただの偶然じゃないはずです」

「道警は、またぞろ組織ぐるみで裏金づくりをやるようになったんだろうか」

「考えられないことではないと思います。捜査費の予算は増えてませんから、なんらかの形で裏金を捻出する必要はあります。といって、もう捜査費の不正支出はできません」

「そうですね。身内を疑うのは辛《つら》いことですが、道警がまた不正行為をしてるのかもしれない。道警内部で裏金づくりはできないとなったら、外部から金を吸い上げるほかありませんから」

「生方さん、おそらくそれですよ。暴力団は何かと警察に目をつけられてる。事実、連中は非合法ビジネスに精出してます。そうした犯罪にお目こぼししてもらえるなら、どの組も警察に寄附してもいいと考えるんではありませんか？」

「ええ、考えるでしょうね。暴力団は警察に一種の上納金を差し出してる間はダーティ・ビジネスに励めます。闇金融、管理売春、賭博、貴金属や高級車の窃盗、投資詐欺とやりたい放題です」

「そうですね。道警が暴力団から汚れた金を吸い上げてるんだとしたら、世も末だな。組織ぐるみでそういうことをしてるとは思いたくありません。わたしは道内で生まれ育った人間ですんで、それではあまりにも哀しいですからね」

「組織ぐるみではなく、警察幹部が裏社会からブラック・マネーを吸い上げて、点数を稼いでるとも考えられます」

「あっ、そうですね。そいつは汚れ役を引き受けて、それで出世の階段を昇ろうという野心を懐《いだ》いてる。道警の首脳部たちは裏金の恩恵に浴してるわけですから、その人物を追放できない」

「追放するどころか、重宝な存在です。汚れ役を引き受けてくれたんで、首脳部はそいつに何か見返りを与える気になると思います」

「でしょうね」

　及川弁護士が相槌《あいづち》を打った。

「勝沼組をマークしてれば、道警の偉いさんとのつながりが透《す》けてくるかもしれない」

「ええ」

「勝沼組が道警に汚れた金をカンパしてるとしたら、北誠会の他《た》の組織も同じように寄附をしてるんではないかな?」

「ええ、多分ね。おっと、あまり時間がないな。生方さんに受信機をお渡ししておかないと……」

「お預かりします」

生方は上体を前に傾《かたむ》けた。

及川がかたわらに置いた黒革の鞄の中から、イヤホン付きの電波受信機を取り出した。

文庫本ほどの大きさで、厚みは二・五センチほどだ。

「周波数は合わせてありますから、チューナーはいじらないでください」

「わかりました」

「わたしが拘置所に入って五、六分経ったら、受信スイッチを入れてください」

「はい」

生方はテーブルの下で、イヤホン付きの電波受信機を受け取った。外見は、小型携帯ラジオに酷似《こくじ》している。

「接見を終えたら、この店に戻ってきます」

及川が黒い鞄を手にして、すっくと立ち上がった。脱いだ濃紺のチェスター・コートを小脇に抱えている。

生方は及川が店を出ると、二杯目のコーヒーを頼んだ。それは、ほどなくテーブルに届けられた。

生方はイヤホンを右耳に突っ込み、電波受信機を右の太腿の上に置いた。ゆったりと一服してから、受信スイッチを入れる。

耳障《ざわ》りな雑音《ノイズ》が短く響き、及川と高見沢友樹の会話が鮮明に聴こえてきた。

——高見沢君、目が腫《は》れぼったいね。

——昨夜《ゆうべ》は、ほとんど眠れなかったんです。殺された妹の通夜にも告別式にも顔を出してやれなかったことが済まなくて。

——亜希さんの死顔は安らかだったよ。

——そうですか。先生、妹は誰に殺されたんでしょう?

——亜希さんの知り合いの新宿署生活安全課の生方という警部が捜査当局に疑われてるようだが、彼はシロだろう。きみと同じように濡れ衣を着せられたみたいなんだ。

——その方は、妹とどういう間柄だったんでしょう?

——歌舞伎町のピアノ・バー『ソナタ』の常連客で、亜希さんのファンなんだ。セレモニー・ホールできみのお母さんに打ち明けられたんだが、妹さんは生方刑事を密かに愛してたようなんだ。生方さんも亜希さんに熱い想いを寄せてたんだろうね。二人は胸の裡《うち》を明かし合うことはなかったが、互いに相手をかけがえのない異性と思ってたんだろう。だから、生方さんは休暇を取って、個人的に妹さんの事件の捜査に乗り出したんだと思う。

生方さんは、きのう、こっちに来たんだよ。わたしは彼と協力し合って、二つの事件を解明する気になったんだ。

――及川先生、二つの事件はリンクしてるんでしょうか？

――ああ、おそらくね。生方さんが川路奈々をマークして、きのう、彼女の交際相手の広瀬と接触した現場を押さえてくれたんだよ。

――その広瀬という男は、北誠会勝沼組の組員だという話でしたよね？

――ああ、そうなんだ。生方さんは奈々と広瀬の会話を盗み聴きして、有力な手がかりを摑んでくれたんだよ。奈々は広瀬に頼まれて、きみをレイプ犯に仕立てたことを言外に匂わせたらしいんだ。

――やっぱり、そうでしたか。

――しかし、そのことは公判で決定的な反証にはならない。そこで確かめたいんだが、きみは例の〝道警のその後〟の取材で、道警本部の庄司《しょうじ》健太郎《けんたろう》刑事部長、五十六歳が先月の中旬に北誠会勝沼組の勝沼利夫《としお》組長、五十一歳と札幌市内のレストランで会食してるとこを目撃したんだったね？

——ええ、そうです。情報屋から庄司刑事部長が勝沼組長とレストランの個室で密談してるという話を聞いたもんで、道警の偉いさんをマークしてたんですよ。密談の内容までは摑めませんでしたが、二人は親しげでした。

——庄司刑事部長が道警で裏金づくりをするわけにいかなくなったんで、勝沼組にカンパを迫《せま》ったとは考えられないだろうか。

——それはどうでしょう？　刑事部長と言ったら、道警のナンバースリーです。そこまで出世した警察官僚が危ない橋を渡る気になるかな。もっと下のクラスの者なら、出世のために自分の手を汚してもいいと考えるかもしれませんけどね。

——そう言われると、そんな気もしてくるな。ところで、道警本部の庄司刑事部長が勝沼組の組長と会ってたことをデスクや同僚記者に話さなかったのは、なぜなんだい？

——ひょっとしたら、スクープ種《だね》かもしれないと思ったからです。それから、もう少し深く取材をしてみないと、二人の関係が黒いかどうかはっきりしませんでしたからね。

——なるほど。庄司刑事部長と勝沼組長がレストランから出てくる瞬間をデジタル・カメラで撮《と》ったんだが、奈々の部屋で寝入ってる間にメモリースティックを抜かれてしまったということだったね？

——はい、そうです。ただ、川路奈々がメモリースティックを抜いたという証拠はありませんが。

——きみが寝入ってるときに広瀬が奈々の部屋に入ってきて、デジカメのメモリースティックを持ち去ったのかもしれないぞ。

——その可能性はゼロじゃないでしょうね。

——そうだとしたら、庄司刑事部長は勝沼組の組長と何か疚《やま》しい話をしてたとも考えられるな。そして、二人のどちらかが高見沢君にマークされてることに気づいて、後日、誰かにデジカメのメモリースティックを回収させたとも考えられる。

——ええ、そうですね。

——きみは庄司と勝沼がレストランで密談してることを妹の亜希さんに話したことがある？

——記憶が曖昧《あいまい》ですが、妹に〝道警のその後〟の追跡取材のことを電話で喋ったとき、そのことを話したような気がします。

——そうか。だとしても、何も亜希さんを葬《ほうむ》る必要はないな。仮に庄司刑事部長が暴力団の組長と癒着《ゆちゃく》してても、二人にとって最も危険な人物は高見沢君だからね。きみは強姦の容疑を被せられただけで、命は奪われなかった。

――ええ、そうですね。どう考えても、妹が殺される理由がわからないんですよ。ぼくの逮捕とは何もつながりはないと思うんです。多分、流しの犯行なんでしょう。妹を殺した犯人は最初は犯すことしか考えてなかったんだと思います。しかし、予想外に抵抗されたんで、思わず絞殺してしまったんでしょう。

――しかし、犯人はタイラップを持ってたんだよ。初めっから、妹さんを殺害するつもりだったんじゃないのかな?

――先生、そうとは限りませんよ。犯人はタイラップで亜希を仮死状態にして、体を弄《もてあそ》ぶ気だったとも考えられますからね。

――そうか、そうだな。しかし、やっぱり二つの事件はリンクしてるような気がするね。姿の見えない敵はきみを婦女暴行犯に仕立て、妹の亜希さんを辱《はずかし》めて、何か裏取引を持ちかける気でいたのかもしれない。しかし、途中で計画が狂ってしまった。つまり、妹さんを殺すことはシナリオになかったんだろう。それで、正体不明の敵は裏取引を持ちかけることができなくなってしまった。そういうことなんではないかね?

――その裏取引のことですが、どんなことが考えられます?

――道警本部の庄司刑事部長は個人的に勝沼組から汚れた金を回してもらってるか、部下を窓口にして裏社会からブラック・マネーを吸い上げさせてる。どっちにしても、北海道タイムスにそのことを暴《あば》かれたら、まずいことになる。で、きみの勤めてる新聞社に裏取引を持ちかけるつもりでいた。しかし、事態が変わったんで、沈黙しつづけてる。わたしは、そんなふうに推測してるんだよ。多分、生方さんもそう筋を読んでるんだと思うね。

——そうですか。それはそれとして、生方という方はなぜ妹殺しの濡れ衣を着せられたんですかね？　それが謎です。

——生方警部は誰かに逆恨《さかうら》みされてるのかもしれない。そのあたりのことも少し調べてみよう。妹さんが亡くなって気分が落ち込んでるだろうが、決して自棄《やけ》にならないでほしいんだ。きみは無実なんだから、必ず近いうちに嫌疑は晴れるさ。

——挫《くじ》けそうになることもありますが、絶対に負けません。

——その意気だよ。また会いに来るからね。

——はい。先生、きょうはありがとうございました。

音声が途切《とぎ》れた。

生方は電波受信機のスイッチを切り、イヤホンを外した。

キャビンをくわえ、及川弁護士と高見沢友樹の遣《や》り取りを頭の中に蘇《よみが》えらせる。得られた手がかりは少なくなかった。

及川が『ノア』に戻ってきたのは、十数分後だった。

「音声はクリアに聴こえました。大変役に立ちましたよ。ありがとうございました」

生方は目の前に坐った弁護士に礼を述べた。

「どういたしまして。わたしの推測、どうでしょう?」

「わたしの読み筋とほぼ同じです」

「そうですか。高見沢君は、生方さんが亜希さん殺しで疑われてることを不思議がってましたが、差し支《つか》えなかったら、そのあたりの事情をできるだけ話してもらえますか?」

及川が言った。

生方は二年数ヵ月前に渋谷署管内で発生した女子大生殺害事件のことから語りはじめ、押尾和博を重要参考人扱いしてしまったことも明かした。そして、今回の亜希の事件に押尾が関わっている事実も伝えた。

「お話をうかがったところ、その押尾という男が二人一役のトリックを使ってアリバイ工作をした疑いは濃いですね。しかし、押尾が亜希さんを殺さなければならない動機は希薄だな。二人に接点はないわけだから」

「ええ、そうですね。まだ根拠はないんですが、押尾は共犯者に亜希さんを犯させて、その罪を恨みのあるわたしに被せるつもりだったんだと思います。しかし、亜希さんが全身で抗《あらが》ったんで、やむなく押尾か共犯者のどちらかがタイラップで絞殺してしまったんでしょう」

「そうなんだろうか。生方さんは、これからどうするつもりなんです?」

「広瀬と奈々の行方を追ってみます」

「そうですか。それでは、うちの水島に広瀬に関する情報を集めさせますよ。何かわかったら、あなたに連絡させましょう。わたしは次の予定がありますんで、先に失礼しますね」

及川は伝票を抓《つま》み上げ、レジに足を向けた。

生方は立ち上がって、伝票を奪おうとした。しかし、人権派の弁護士は強引に支払いを済ませて外に出ていった。

(申し訳ないことをしたな)

生方は席に戻って、三杯目のコーヒーを注文した。紫煙をくゆらせながら、運ばれてきたコーヒーをブラックで飲みはじめる。

密かに想いを寄せていた亜希が小さな骨壺《こつつぼ》に収まってしまったと思うと、胸は悲しみで領された。たったの二十七年で人生に終止符《ピリオド》を打たれてしまった故人は、どんなにか無念だったことか。

生方は遣《や》り切れなかった。コーヒー・カップを持つ手が小さく震えはじめた。憤《いきどお》りのせいだった。

2

驚くほど具が多い。

目玉メニューの北海海鮮丼には、鮭《さけ》、イクラ、雲丹《うに》、帆立《ほたて》、たらば蟹《がに》、とろ鰊《にしん》がたっぷりと盛られている。生方は遅い昼食を摂《と》りはじめた。

すすきの仲通《なかどおり》にある和食レストランだ。拘置所から市街地に戻ったのは、十分ほど前である。とりあえず生方は腹ごしらえをする気になって、この店に入った。

午後三時過ぎだった。中途半端な時間帯とあって、客は疎《まば》らだった。奥のテーブルに観光客らしい中年の男女がいるきりだ。そのカップルも、北海海鮮丼を食べている。

生方は一気に海鮮丼を掻《か》き込んだ。

うまかった。二千百円以上の価値がある。茶を啜《すす》って、煙草に火を点けた。半分ほど喫《す》ったとき、隣の椅子の上に置いたムートン・コートの内ポケットで携帯電話が鳴った。

生方は携帯電話を耳に当てた。発信者は、及川法律事務所の調査員の水島だった。

「及川先生に言われて、わたし、広瀬の交友関係を洗ってみたんですよ。広瀬は愛人の奈々と一緒に函館に身を潜《ひそ》めてるのかもしれません」

「函館ですか?」

「ええ、そうです。函館の七重浜《ななえはま》で中古車販売センターを経営してるムシャラフというパキスタン人と広瀬は親しくしてるんですよ。ムシャラフは三十九歳で、来日して十数年になります。日本語は達者だそうです」

「そうですか」

「それから噂によると、広瀬はムシャラフに道内で高級国産車やRV車を盗ませて、サハリンに密輸してるようなんです」

「その中古車センターの所在地はわかります?」

生方は訊《き》いた。水島がゆっくりと所番地を告げた。生方は手帳に書き留《と》めた。

「ムシャラフが広瀬たちを匿《かくま》ってなかったら、高見沢友樹さんの奥さんの実家に回ってみるといいですよ。奥さんの有理《ゆり》さんから何か手がかりを得られるかもしれませんのでね」

水島がそう言い、今度は高見沢有理の実家の住所を教えてくれた。

生方は、それもメモした。

それから間もなく、電話を切った。生方は和食レストランを出ると、カローラでレンタカーの営業所に向かった。借りた車を返却し、札幌駅に急ぐ。気持ちが急《せ》いていた。

函館本線の特急列車に飛び乗る。

札幌から函館までは三百十七キロもある。たっぷり乗りではあった。

函館駅に到着したのは、午後八時過ぎだった。

駅前でタクシーに乗り込み、目的の中古車センターに向かう。十五、六分で、ムシャラフの経営する中古車販売会社に着いた。松前《まつまえ》国道に面していた。

斜め前が函館港の七重浜だ。中古車センターには三十数台の車が陳列されていた。セダンよりも、ワンボックス・カーやワゴン車が多い。

奥まった場所にプレハブ造りの事務所が見える。電灯が点いていた。

「このあたりで流しのタクシーは拾えないでしょ？」

生方は同年配のタクシー運転手に確かめた。

「ええ、無理ですね。うちの会社の車は無線で呼べるんです。コール・センターにお電話していただけたら、近くで客待ちしてる車が迎えに上がりますよ」

「そう」

「えーと、二千三百七十円になります」

運転手がメーターに目をやった。生方は料金を払って、タクシーを降りた。

海から吹きつけてくる風が強い。生方は一瞬、よろけた。海に目をやると、白い波頭が立っていた。沖に漁火《いさりび》は見えない。

（こんな海辺で中古車センターをやるなんて信じられないな。塩害《えんがい》で商品が売り物にならなくなるだろうに）

生方はそう思ったが、中古車センターは表向きの商売にすぎないのかもしれない。ムシャラフというパキスタン人は高級車の窃盗で荒稼ぎしているのではないか。

生方は国道二二八号線を横切って、プレハブ造りの事務所に足を向けた。

事務所内には、色の浅黒い外国人がいるだけだった。古ぼけた布張りの長椅子に腰かけ、エロ漫画誌に目を落としていた。

「あなた、お客さん？」

男が流暢《りゅうちょう》な日本語で問いかけてきた。生方は、とっさに広瀬の兄貴分になりすます気になった。

「おれは北誠会勝沼組の者だ。広瀬は、おれの舎弟《しゃてい》なんだよ」

「わたし、広瀬さんには世話になってます。ムシャラフといいます。パキスタン人です」

「広瀬と愛人《レコ》の奈々はどこにいる？　二人がここに潜伏してるって情報が耳に入ったんだ」

「広瀬さん、ここにいないよ。わたし、十日以上も彼の顔を見てない。奈々とかいう女の人とは一度も会ったことないね。広瀬さん、何か不始末をした？」

「広瀬の野郎はてめえと組んで、道内でセルシオやレクサス、それからRV車を盗《ギ》って、サハリンに流してやがった。組に内緒で、あいつは小遣い稼いでやがったんだよ」

「それは違います。広瀬さんは勝沼の組長《オヤジ》さんの命令で、上納金の一部を工面しろと言われたと……」

「その話は嘘じゃねえな？」

生方は確かめた。

「広瀬さん、そう言ってたよ。だから、わたし、パキスタン人の仲間たちと道内のあちこちで高級車をかっぱらって、一台三十万円で広瀬さんに買い取ってもらった。もう百台以上売ったから、三千数百万儲けさせてもらいました」

「広瀬はおまえから買い取った盗難車をどこに運んでたんだ？」

「多分、釧路ね。車はロシアの貨物船に積むとか言ってたから、そうだと思います」

「おまえの家《ヤサ》に案内しろ。そこに広瀬たちが隠れてるかもしれねえからな」

「わたし、この事務所で寝泊まりしてる。だから、家はありません。一年前まで、わたし、日本の女性と同棲してた。そのときは新川《しんかわ》町の2DKのマンションを借りてました。一緒に暮らしてた彼女、平気で豚肉を食べる。わたし、熱心なイスラム教徒ね。だから、戒律《かいりつ》を守りたかった。彼女とは、豚肉のことで、いつも喧嘩してました。そんなことで、別れてしまったんですよ。それからは、ずっとここに泊まってるんです」

「そうかい。広瀬の携帯のナンバー、知ってるよな?」

「はい」

「おれのことは言わないで、広瀬に電話をして、どこにいるのか探り出せ」

「広瀬さん、売り捌《さば》いた盗難車の代金の一部を個人的に遣《つか》っちゃったみたいね。それで、勝沼組長は怒ってるんでしょ?」

「余計な詮索《せんさく》してねえで、とっとと広瀬に電話しやがれ!」

「あなた、怒りっぽいね。それ、よくないよ。人類、みな友達でしょ?」

ムシャラフがツイード・ジャケットの内ポケットから携帯電話を取り出し、一度だけ数字キーを押した。短縮番号だろう。

電話がつながった。生方は長椅子の背後に回り込み、携帯電話に耳を押し当てた。ムシャラフと頭をくっつける形になった。

「おう、ムシャラフか」

広瀬の声だ。

「仲間たちが商品を十一台集めてくれた。いつ引き渡しましょうか？」

「ちょっと事情があって、いまは動けねえんだ」

「何があったんです？」

「たいしたことじゃねえんだが、一週間かそこら札幌には戻れねえんだよ」

「広瀬さん、いま、どこにいるんです？」

「釧路だよ。市内のホテルに泊まってるんだ。別のビジネスの件で、『旭洋水産』って会社の人間と打ち合わせをしなきゃならねえんだよ」

「商談で釧路に行ったんなら、夜は寂しいでしょ？」

「寂しかねえよ。好きな女と一緒だからな」

「女連れで商談に出かけたんですか!?」

「まあな。一緒にいる彼女を札幌に置いとけない理由《わけ》があるんで、仕方なかったんだ。そんなわけだから、車の引き取りは少し延期させてくれねえか」

「ええ、わかりました。広瀬さん、盗難車の売却金、ネコババしちゃった？」

「いや、金はそっくり組に渡してるぜ。なんだって、そんなことを言うんだい？」

「いま、すぐ近くに広瀬さんの兄貴分がいるですよ」

ムシャラフが言った。生方はパキスタン人の手から携帯電話を捥《も》ぎ取《と》って、素早く電源を切った。

「どういうつもりなんだっ」

「あなたが広瀬さんの兄貴分かどうか、ちょっと確かめてみたかっただけね。ただ、それだけですよ。あなた、なんか焦《あせ》ってる感じだな。広瀬さんの兄貴分って話、嘘なんじゃない？」

「だったら、どうする？」

「あなた、何者なの⁉」

ムシャラフが怪しむ顔つきになった。生方は無言でムシャラフに警察手帳を突きつけた。見せたのは表　表紙《おもてびょうし》だけだった。

「ポリスマンだったのか」

ムシャラフが目を剝《む》き、頭から突っ込んできた。まるで闘牛だ。

生方は体《たい》を躱《かわ》し、ムシャラフの首筋に手刀《しゅとう》打ちを浴びせた。ムシャラフが喉《のど》の奥で呻いて、床に倒れた。前のめりだった。

生方はムシャラフの携帯電話を足許に落とし、靴の踵《かかと》で踏み潰《つぶ》した。

「な、何するんだっ」

「広瀬に連絡を取られたくないんだよ。日本で悪さばかりしてないで、パキスタンに帰って真面目に働け」

「パキスタンの失業率は四十パーセント以上なんだ。自分の国に戻っても稼げないよ」

「甘ったれるな。三日以内に入管に出頭しないと、おまえは窃盗罪で日本の刑務所にぶち込まれるぞ」

「それもいやだ」

「だったら、窃盗仲間と一緒にパキスタンに戻るんだな」

「気が進まないけど、そうします。だから、高級車を盗んだことは内緒にしといて」

ムシャラフが情けない声で訴えた。

生方は冷笑し、自分の携帯電話で無線タクシーを呼んだ。タクシーがやってきたのは、七、八分後だった。

高見沢有理の実家は、五稜郭《ごりょうかく》公園のそばにあった。有理の旧姓は若松《わかまつ》だ。若松宅は丘の上に建っていた。割に大きな二階家だった。

生方はタクシーが走り去ると、若松宅のインターフォンを鳴らした。

ややあって、中年女性の声で応答があった。有理の母親だった。

「わたし、新宿署の生方といいます。理由《わけ》あって、高見沢友樹さんの事件のことを個人的に調べてるんですよ。夜分に失礼かとは思ったんですが、どうしても有理さんにうかがいたいことがありまして、お邪魔した次第なんです」

「そうなんですか」

「十分でも結構です。娘さんにお目にかからせてほしいんですよ」

「わかりました。どうぞお入りになってください」

「ありがとうございます」

生方は洒落《しゃれ》た門扉《もんぴ》を潜《くぐ》り、ポーチに歩を運んだ。

ノッカーを鳴らす前に玄関ドアが開けられた。応対に現われたのは、有理の母親だった。五十代の前半だろう。

生方は玄関ホールに接した応接間に通された。有理の母は日本茶をコーヒー・テーブルの上に置くと、すぐに下がった。

入れ違いに高見沢友樹の妻が姿を見せた。気品のある美人だった。生方は立ち上がって、自己紹介した。亜希の事件に巻き込まれたことを話し、レイプ事件の真相を探っていると明かした。

「どうぞお掛けになってください」

有理が生方を先に腰かけさせ、向かい合う位置に浅く坐った。

「ご主人の逮捕後、すぐ実家に戻られたようですね？」

「はい。札幌のマンションには居たたまれなかったんで、逃げるように函館の親許《おやもと》に帰ってきたんです」

「そうですか。ご主人の事件のことは、どう思われてるのかな？」

「友樹さんを信じたいとは思います。でも、やはり男性ですから、浮気願望がまったくないとは……」

「しかし、まだ新婚でしょ？」

「新婚と言っても、もう一年以上が経ってます。夫がわたしの体に飽《あ》きはじめたのかもしれません」

「そんなことはないと思うな。あなたたちは恋愛結婚だったんでしょ？」

「はい、そうです。でも、恋人時代にも体で愛を確かめ合ってましたから、夫が性的な興味を失っても不思議ではないと思います」

「まだ若いのに、ずいぶん醒《さ》めたことを言うんだな」

「独身時代につき合った男性もそうだったんです。わたしは別の女性と二股をかけられてたことを知って、その相手と別れたんです。それで、約一年後に友樹さんと知り合ったんですよ」

「そう」

「友樹さんは優しく誠実な男性です。ですから、独身のころに多くの女性と関わってきたわけじゃないはずです。だけど、男性なら、いろんなタイプの女と肌を重ねてみたいという気持ちはあると思うわ。だから、事件当夜、川路奈々というキャバクラ嬢の若々しい色気に負けて、つい破廉恥《はれんち》なことを……」

「友樹さんは一貫して、犯行を否認してるんです。状況証拠で地検送りにされましたが、裁判では無実になるでしょう。DNA鑑定で、犯人ではないことが立証されるでしょうからね。それでも、ご主人を信じきれないのかな？」

「正直に言うと、五分五分ですね。もちろん、夫が無実になることを望んではいますけど」

「愛情の基本は、相互の信頼でしょ？　夫を全面的に信じられないのは哀《かな》しいことだな」

生方は遠慮を棄《す》てた。有理の物言《ものい》いに不快なものを感じ、何か腹立たしくなってきたのである。

「ええ、そうですね。友樹さんの言い分を丸ごと信じられないのは、独身時代の交際相手に裏切られたからでしょうね。その彼はわたしにぞっこんだと言いながら、別のＯＬを妊娠させてたんですから。男性不信にもなるでしょ？」

「それなのに、なぜ旦那と結婚したんです？」

「友樹さんなら、信じられると思ったからですよ。でも、夫はキャバクラ嬢に悪さをしたかもしれないのよね」

「拘置所にいる友樹さんを支《ささ》えてやれるのは、あなたしかいないんだ」

「そうかもしれませんけど、夫を百パーセント信じることができないわけですから、励ましの手紙も書けないんですよ。多分、友樹さんが無罪になっても、わたしたち夫婦は以前の仲には戻れないでしょう」

「いずれ、ご主人とは離婚するつもりなんだね？」

「そうなると思います。だから、わたしは不義理を承知で亜希さんの通夜にも告別式にも列席しなかったんです。いま夫の親族と顔を合わせたら、取り乱して恨みごとを言いそうだったんで」

「話題を変えましょう。友樹さんは逮捕される前、家で〝道警のその後〟の取材内容を喋ったことはあります？」

「いいえ、一度もありません。わたし、夫に家庭では仕事のことは話題にしないでほしいと常々《つねづね》言ってありましたんで」

「そう。自宅マンションに脅迫状が届いたり、厭《いや》がらせの無言電話がかかってきたことは？」

「一回もありませんね、そういうことは」

「そうですか」

「義妹が自宅で絞殺されたことは夫の事件と何か関わりがあるんでしょうか？」

　有理が問いかけてきた。

「わたしは、なんらかのつながりがあるような気がしてます。多分、友樹さんは妹に電話でスキャンダルになりそうな事実を知ったと話したんでしょう。それで彼に不正の事実を握られた人間がキャバクラ嬢に罠を仕掛けさせ、別の男には亜希さんをレイプするよう命じたんだろうな。しかし、亜希さんに激しく抵抗されたんで、やむなく殺害してしまった。わたしは、そう推測してます」

「そうならば、亜希さんはとんだとばっちりを受けたことになるんですね。彼女がかわいそうだわ。友樹さんは軽率です。スクープできそうな特種《とくだね》を摑んだのかもしれないけど、そのことを不用意に妹に話してはいけなかったのよ」

「その通りなんだが、相手が実の妹なんで、つい気が緩《ゆる》んでしまったんだろうね」

「脇が甘いですよ。友樹さんが余計なお喋りをしなかったら、義理の妹は殺されずに済んだはずです」

「手厳しいんだな」

「だって、そうでしょ？　友樹さんはアルコールに強い体質じゃないから、ちょっと酔いが回ると、無防備になってしまうんです。だから、事件当夜もキャバクラ嬢の色香に惑《まど》わされてしまったんじゃないのかしら？」

「いや、友樹さんに妙な下心があったとは思えないな。妻のいる新聞記者が欲望のおもむくままに川路奈々の自宅マンションに押し入るはずがない」

「ですけど、所詮は男です。お酒が入って、急にむらむらとしたのかもしれないわ」

「あなたたち夫婦は、別々に生きたほうがよさそうだね。どうもお邪魔しました」

生方は応接間を出て、そそくさと靴を履《は》いた。若松宅を出ると、急に月が雲に隠れた。

（明日は釧路に行ってみよう）

生方はムートン・コートのポケットに両手を突っ込み、住宅街の坂道を下りはじめた。

3

空は鈍色《にびいろ》だった。

水平線は霞んでいる。湾内には海鳥が乱舞していた。釧路港だ。潮の香《か》が強い。

生方は接岸されている漁船を眺めながら、岸壁を歩いていた。

午後一時過ぎだった。函館空港から札幌の新千歳空港を経由して、釧路空港に降り立ったのである。

昨夜は函館駅の近くの和風旅館に泊まった。部屋の壁は薄かった。隣室には、二人の男が泊まっていた。漁具販売会社の営業マンだった。

男たちは酒を酌《く》み交わしながら、午前三時過ぎまで談笑していた。安眠を妨《さまた》げられた。

寝不足だからか、生方は寒さが応えた。凍《こご》えそうだ。氷点下十度近いのではないか。

港の外れに、北海道三大市場のひとつの和商市場《わしょういちば》があった。市場内には海産物店や食堂が六十店舗ほど並んでいる。

名物の勝手丼《かってどん》の垂れ幕があちこちに掲《かか》げてあった。場内の総菜屋で白飯を買い、その上に好きな魚介を並べて食べる。それが勝手丼だ。

生方は和商市場の裏手に回った。

少し歩くと、『旭洋水産』の本社ビルが目に留《と》まった。八階建ての肌色の建物だ。大手商社の系列会社にしては、オフィス・ビルはみすぼらしい。拍子抜けするほどだった。

生方は釧路に来る前に『旭洋水産』に関する予備知識を頭に叩き込んでいた。

同社は昭和五十七年に設立され、ロシアの極東海域で獲《と》れた鮭、鱈《たら》、鰊《にしん》、鰈《かれい》、毛蟹《けがに》、たらば蟹を毎年、数万トンずつ買い付けていた。輸入した水産物は親会社直営の水産会社に卸《おろ》されている。

社長の寺久保等《てらくぼひとし》は五十四歳で、根室出身だった。東京水産大学を卒業している。現在の東京海洋大学である。『旭洋水産』の社員数は九十三人だ。

生方は『旭洋水産』の駐車場を見た。

ベンツは一台も見当たらない。広瀬は奈々と釧路市内のホテルに引きこもり、そこで寺久保社長と何か商談をしたのか。

生方は『旭洋水産』の一階ロビーに入り、受付カウンターに歩み寄った。受付嬢がにこやかに迎えてくれた。二十二、三だろう。愛嬌《あいきょう》がある。

「札幌の勝沼興産の中村ですが、寺久保社長にお目にかかりたいんですよ」

生方は、広瀬の兄貴分を装うことにした。

「アポイントメントはお取りいただけたんでしょうか？」

「いや、約束はしてないんだ。別の商用で釧路まで来たんですよ。部下の広瀬が寺久保社長に何かと世話になってるんで、ご挨拶に伺《うかが》ったわけです」

「そうなんですか。少々、お待ちになってください」

受付嬢がクリーム色の電話機に手を伸ばし、内線ボタンを押した。電話が通じると、彼女は困惑顔になった。寺久保は、来訪者に心当たりがないと言ったようだ。

「広瀬さんは何度も来社されてますよね？　ええ、上司の方に間違いないと思いますよ。はい、わかりました」

受付嬢が受話器をフックに返した。

「社長に不審がられたようだね。無理もないな、わたしは寺久保さんと一面識もないわけだから」

「どうぞエレベーターで最上階にお上がりください。エレベーター・ホールの前に社長室がございますので」

「わかりました」

生方は受付カウンターの横にあるエレベーター乗り場に進んだ。函《ケージ》は一基だけだった。八階に上がる。社長室のドアは重厚なチーク材だった。

生方はムートン・コートを脱ぎ、控え目にノックをした。すぐにドア越しに応答があった。生方は社長室に入った。

「勝沼興産の中村一郎です。広瀬忠典の上司です」

「初めまして。わたしが寺久保です」

社長が名乗って、執務机から離れた。社長室は二十五畳ほどの広さだった。ほぼ中央に応接ソファ・セットが据《す》えられ、両側の壁には書棚と飾り棚が置かれている。

「ご存じのように、わたしらは堅気ではありません。ですから、名刺交換は省《はぶ》きましょう。代紋入りのわたしの名刺を社長がお持ちになっては何かと差し障《さわ》りがあるでしょうからね」

「お気を遣《つか》っていただいて恐縮です。とりあえず坐りましょう」

寺久保が先に総革張りのソファに腰かけた。

生方は一礼してから、寺久保の前に坐った。『旭洋水産』の社長は中肉中背で、ごく平凡な容貌だった。しかし、どことなく脂《あぶら》ぎっていた。唇が妙に赤い。

「釧路には仕事でいらしたとか？」

「ええ、まあ。末端の者が地元の組織とちょっとした揉めごとを起こしたんで、その手打ちでこっちに来たんです」

「そうですか」

「わたしら渡世人は義理を大事にして、筋をきっちり通さないと生き残れないんですよ」

「でしょうね」

「挨拶が遅くなりましたが、いつも広瀬がお世話になってます。寺久保社長には感謝してますよ」

「いいえ、こちらこそ広瀬さんには世話になってしまって」

「まだ社長はご存じないかもしれませんが、広瀬がちょっとした不始末を起こしたんですよ」

「そうなんですか⁉」

「勝沼組のイメージ・ダウンになりますんで、具体的なことは言えませんが、広瀬は奈々という女と一緒に札幌から消えたんです」

生方は作り話を澱《よど》みなく喋った。

「広瀬さんは、組のお金に手をつけてしまったんですか？」

「そのあたりのことは、ご想像に任せます。勝沼の組長《オヤジ》はひどく腹を立ててます。それで、兄貴分のわたしが責任をもって広瀬を札幌に連れ戻せと命じられたわけです」

「広瀬さんは始末されるんですか？」

「組長《オヤジ》もそこまでは考えてないと思います。しかし、小指《エンコ》は落とさなきゃならないだろうな。愛人のキャバクラ嬢はセックス・リンチを受けた後、性風俗の店で働かされることになるでしょうね」

「よっぽどまずいことをしたんだな、広瀬さんは。根は気のいい男なんですがね」

「単刀直入に言います。広瀬が愛人と一緒に釧路市内に潜伏してるって情報をキャッチしたんですよ」

「えっ、そうなんですか⁉」

寺久保がことさら驚いてみせた。どこか芝居がかっていた。

（こいつは、広瀬と奈々の居所を知ってるな）

生方はそう直感し、寺久保の顔を見据えた。

「そんな目で見ないでくださいよ。わたしは広瀬さんが釧路に来てるなんて、ほんとうに知らなかったんですから」

「そうかな。広瀬が釧路で親しくしてる人間は、あなたしかいない。不始末をして組の者に追い込みをかけられたら、土地鑑のある寺久保社長を頼りたくなるでしょうが？」

「そうかもしれませんが、広瀬さんからは何も連絡はありませんでした。嘘じゃありませんよ」

「市内のホテルに何日も投宿してたら、見つけられてしまう。広瀬たち二人は北上して、屈斜路《くっしゃろ》湖畔の川湯《かわゆ》温泉あたりに隠れてるのかな。あるいは、摩周湖《ましゅうこ》の東の中標津《なかしべつ》あたりのスキー・ロッジかペンションに潜伏してるのかもしれない」

「さあ、どうなんでしょう？　わたしには、まるで見当がつきませんね」

「社長が広瀬をかばいたくなる気持ちもわかるが、うちの組長《オヤジ》は本気で怒ってるんですよ。寺久保さんが広瀬たち二人の逃亡に手を貸したとわかったら、それ相当の仕置きをしそうだな。お子さんは何人いるんです？」

「娘と息子がひとりずついます」

「二人とも社長と一緒に暮らしてるのかな？」

「娘は東京でＯＬをやってますが、倅《せがれ》は釧路市役所に勤めてます。家族に危害を加えるのはやめてください。女房や子供にはなんの関係もないっしょ」

「妻子が大切なら、正直になったほうがいいな。社長は広瀬たちがどこにいるか知ってるんでしょっ」

「知りませんよ。もうじき役員会議があるんです。申し訳ありませんが、そろそろお引き取りください」

寺久保が目を逸《そ》らして、意を決したような顔つきで言った。

「社長がもしも嘘をついてたら、ただでは済みませんよ。そのこと、わかってるのかな？」

「どう威《おど》されても、知らないものは知りませんよ」

「開き直ったか」

「悪いけど、帰ってください」

「いいでしょう」

生方は腰を浮かせ、社長室を出た。

表に出ると、市街地まで歩いた。レンタカーの営業所を探し当て、メタリック・ブラウンのマークIIを借りる。

生方はレンタカーを走らせ、釧路市内のホテルや旅館を一軒ずつ訪ね回った。フロントに立ち寄り、広瀬と奈々の特徴を伝えた。だが、二人はどこにも投宿していなかった。

生方は摩周道路を北へ向かい、川湯温泉の宿泊施設も巡ってみた。しかし、徒労に終わった。

釧路市内に戻ったのは、午後五時近い時刻だった。

生方はレンタカーで『旭洋水産』に近づいた。死角になる場所にマークIIを停め、八階の社長室を見上げる。照明は、まだ点いていた。

（寺久保を尾行すれば、広瀬たちの居場所がわかるかもしれない）

生方はヘッドライトを消した。エンジンを切るわけにはいかない。アイドリングさせながら、カー・エアコンで暖を取る。

新宿署の進藤警部補から電話がかかってきたのは、六時少し前だった。

「生方君、刑事課の連中はそっちが病欠を装って、北海道に渡ったことに勘づいたようだぞ」

「そうですか」

「おそらく強行犯一係の所警部補は武田あたりを連れて、一両日中に北海道に渡る気でいるんだろう」

「そして、おれを任意で引っ張る気でいるんでしょうね」

「だと思うよ。まだ目鼻はついてないのかい？」

「陰謀の構図がうっすらと透《す》けてきたとこなんですよ。北海道タイムスの高見沢記者は、北誠会勝沼組の組長と北海道警の庄司健太郎という刑事部長が札幌市内のレストランでこっそり会ってるとこを目撃してたんです」

「一般市民に見られたら、まずい場面だね」

「ええ。勝沼組長か道警の偉いさんが高見沢記者に密談場面を見られたことに気づいて、亜希の兄貴を罪人に仕立てたと筋を読んだんですよ。進藤さんは、どう思います？」

「きみの読み筋は正しいんじゃないかな。北海道タイムスの社会部は〝道警のその後〟の追跡取材をしてたって話だったね？」

「ええ。おれは庄司刑事部長が窓口になって、闇社会から汚れた金を吸い上げてるか、個人的にたかってるんじゃないかと推測してるんです」

「なるほどね。その両方が考えられるな。北海道警はマスコミや市民の目が光ってるから、以前のように組織ぐるみで裏金を捻出はできなくなった。そうなれば、ある程度は力を握ってる警察幹部が窓口になって、裏社会からカンパをさせざるを得ない。裏金を貢《みつ》ぐ暴力団も道警に恩を売っといて損はない。で、双方の利害が一致したんだろう」

「そうなのかもしれません。ただ、道警でナンバースリーの庄司刑事部長がそこまで危険な汚れ役を引き受けますかね？」

「警察庁に根回しをして、次の道警本部長のポストには庄司刑事部長が就《つ》くって話ができ上がってるんだろうな」

「そうだとしても、かなりリスキーです。庄司が窓口になって暴力団から金をたかってることが表沙汰になったら、当然、懲戒免職になって、退職金も貰えなくなるわけですからね」

「そうか。ひょっとしたら、庄司にはどうしても多額の金が必要になって、個人的に裏社会の人間にカンパさせてるのかもしれないな。組の手入れを緩《ゆる》めてやるとか、罪を軽くしてやるとか言ってさ」

「そうなら、道警ぐるみのたかりじゃなく、庄司刑事部長の個人的な犯罪ってことになるな」

「生方君、庄司の私生活を少し調べてみなよ。妻名義で何か事業をやってて、でっかい額の負債を抱え込んでるのかもしれないぜ。刑事部長の兄弟か従兄弟《いとこ》の誰かが会社の経営にしくじって、破産の危機に晒《さら》されてるとも考えられるな」

「そうですね。箱崎課長は刑事課の動きにどういう反応を見せてます？」

生方は訊いた。

「困惑してる様子だよ。しかし、課長は生方君の身の潔白を信じてるようだ」

「そうですか。捜査本部は押尾をまったくマークしてないのかな？」

「ノーマークみたいだな。被害者の爪の間に挟まってた人間の表皮のＤＮＡ鑑定で、押尾とは別人の者とされたようだからね。それから、押尾のアリバイも依然として崩れていない。刑事課の奴らは生方君のＤＮＡ鑑定を故意にしてないようだが、不自然な話だ。所刑事は、どうしてもきみを容疑者にしたいんだろうな」

「うちの署の刑事課の連中はともかく、本庁の捜一《そういち》から出張《でば》ってるベテランまで押尾のアリバイ工作を見破れないなんて、どうかしてますよ。押尾は福岡のビジネス・ホテルに投宿したと主張してるが、奴は宿泊者カードに自分では氏名と住所を記入してないんだ。右手の親指を突き指したとか言って、フロントマンに代筆させてるんです」

「本人の筆跡とは異《こと》なってるわけだから、事件当夜、押尾が福岡のビジネス・ホテルに戻って、翌日の午後に東京に戻ったとは断定できないね」

「そうですよ。押尾は友人か知り合いに協力してもらって、二人一役のトリックを使ったにちがいない。それだから、あの男は被害者の部屋でおれの後頭部を鈍器で強打して、スタンガンを首に押し当てたんです」

「生方君は気を失ってる間に後ろ手錠を掛けられ、高見沢亜希殺しの犯人に仕立てられたんだったね？」

「ええ、そうです。押尾は、二年数ヵ月前の女子大生殺しの事件《ヤマ》でおれに重要参考人扱いされたことを根に持ってるんですよ。それで奴はおれのプライベートなことを調べ上げて、こっちを陥《おとしい》れたんだろう」

「押尾のアリバイが完璧《かんぺき》というわけではないのに、なぜ彼は捜査対象から外されたんだろうか。そういう素朴な疑問を感じるね」

　進藤が言った。

「ええ、おかしいですよ」

「押尾の親族に大物政治家か、警察官僚がいるんだろうか」

「親族をとことん調べたことはありませんが、そういう者はいないと思います。もしも大物政治家や警察官僚がいたんだったら、女子大生殺害事件でおれが押尾を別件でしょっ引いたとき、何らかの圧力がかかったはずですから」

「そうだね」

「押尾には共犯者がいたんだと思います。もちろん、アリバイ工作に協力した者とは別人です。その共犯者は、多分、押尾に頼まれて高見沢亜希を犯そうとしたんでしょう。しかし、激しく抵抗されて、目的を果たせなかった。それで、押尾か共犯者が被害者をタイラップで絞殺したんでしょうね」

「生方君の読み筋は間違ってないんだろうが、それを裏付ける物証が足りないな」

「ええ、その通りですね。しかし、おれは必ず真相を暴《あば》いてやります。殺された亜希の無念さを一日も早く晴らしてやりたいし、おれ自身も濡れ衣を着せられたままじゃ、腹立たしいですから」

「そうだろうね。捜査本部に何か動きがあったら、すぐ教えるよ」

「お願いします」

生方は終了キーを押し、携帯電話を二つに折り畳んだ。キャビンに火を点け、ふたたび『旭洋水産』の表玄関に視線を向ける。

4

焦《じ》れかけたときだった。

寺久保社長が『旭洋水産』の表玄関から姿を見せた。午後九時数分前だった。

生方は目で寺久保の動きを追った。

ビジネス鞄と茶色いウール・コートを手にした寺久保は出入口の横の駐車場に足を向け、明るい灰色のレクサスの運転席に乗り込んだ。マイカーだろう。

レクサスが走りだした。

生方はたっぷりと車間距離を取ってから、マークIIを発進させた。寺久保の車は和商市場を回り込み、釧路環状線を短く走った。釧路国道をたどって、今度はまりも国道に入った。釧路空港方面だ。

広瀬と奈々は、空港近くのモーテルにでも泊まっているのか。

生方は慎重に追尾《ついび》しつづけた。

やがて、空港に通じる脇道に差しかかった。だが、レクサスは左折しなかった。直進しつづけ、丹頂鶴《たんちょうづる》自然公園の前を通過した。

まりも国道を道なりに進むと、阿寒湖《あかんこ》に達する。広瀬たち二人は、阿寒湖畔温泉にいるのだろうか。

阿寒町に入ると、レクサスは急にスピードを上げた。尾行に気づかれたのか。

生方はアクセルを深く踏んだ。

そのすぐあと、後続のエルグランドが猛然と追い上げてきた。生方は罠の気配を覚えた。どうやら寺久保は、自分を民家の少ない場所に誘い込む段取りをつけていたようだ。

エルグランドを運転しているのは、広瀬なのかもしれない。

生方はルーム・ミラーとドア・ミラーで後続車の位置を確かめながら、さらに加速した。いつの間にか、レクサスの尾灯《テールランプ》は点のように小さくなっていた。

エルグランドがセンター・ラインを越え、対向車線に出た。そのまま速度を上げた。

ほどなく後続車はレンタカーの横に並んだ。次の瞬間、エルグランドが幅寄せをしてきた。車体が触れ合って、不快な金属音を放った。

エルグランドのほうが車体が大きい。まともにぶつかられたら、マークIIは弾《はじ》かれることになる。

生方はハンドルをしっかと握りしめ、すぐにスピードを緩《ゆる》めた。すると、エルグランドも同じように減速した。ほとんど同時に、ハンドルを左に切った。

生方は路肩《ろかた》ぎりぎりまで追い込まれた。

タイヤが縁石《えんせき》を擦《こす》り、白い煙を立ち昇らせた。

（このままじゃ、ガードレールに激突させられるな）

生方は際《きわ》どい勝負に出ることにした。

アクセル・ペダルを床《ゆか》近くまで踏み込み、ハンドルを右に切った。行く手を防がれたエルグランドの運転者が焦《あせ》ってハンドルを左に捌《さば》いた。不審な車はガードレールにぶち当たり、ハーフ・スピンした。

生方はギアをR《リヴアース》レンジに入れ、アクセルを強く踏み込んだ。

エルグランドの運転者が慌《あわ》ててハンドルを切った。勢い余って、反対側のガードレールに頭から突っ込んだ。衝突音は高かった。

生方はレンタカーから降り、エルグランドに駆け寄った。

使い捨てライターに火を点け、運転席に炎を近づける。

両腕でステアリングを抱えて唸《うな》っているのは、広瀬ではなかった。スラブ系の顔立ちの三十代の男だった。髪は栗色で、瞳はヘイゼル・ナッツ色だ。

ドアはロックされていなかった。

生方は運転席のドアを開け、まずエンジン・キーを引き抜いた。

「寺久保に頼まれたんだな？」

「わたし、日本語、わからない」

相手が呻きながら、小声で答えた。

「それだけ喋れりゃ、立派なものさ。ロシア人だな？」

「わたし、アメリカ人ね」

「嘘つけ！　なんか魚臭いな。そっちはサハリンから水産物を船で釧路に運んでるのか？」

「そんなことしてないよ、わたし」

男が言いながら、ベルトの下に手を回した。

生方は素早く相手の左手首を摑んだ。ロシア人と思われる男が取り出そうとしたのは、小型リボルバーだった。

ロシア製のKBPモデルR92K5だ。ハンマー内蔵式のダブル・アクションである。全長は約十五センチと小さい。

生方は小型リボルバーを奪って、輪胴《シリンダー》をスイング・アウトさせた。蓮根《れんこん》の輪切りに似た弾倉には、九ミリのマカロフ拳銃弾が五発装塡《そうてん》されていた。

生方はシリンダーを戻し、銃口を白人男の側頭部に押し当てた。相手が全身を強張《こわば》らせた。

「拳銃を持ち歩いてる観光客はいない。極東マフィアの一員なのか？」

「わたし、アメリカから北海道に遊びに来たね」

「世話を焼かせやがる」

「あなた、わたしを撃つのか⁉」

「急所は外してやるよ」

生方は引き金に人差し指を絡《から》め、遊びを引き絞った。

「わたし、まだ死にたくない。撃たないで」

「痛い目に遭《あ》いたくなかったら、素直になれよ」

「はい《ダー》」

「やっぱり、ロシア人だったな」

「そう。わたし、ロシア漁業公団で働いてる。サハリン沖合で獲《と》れた魚介類を船で北海道のいろんな港に運んでるね。釧路港には『旭洋水産』に魚や蟹を運んでる」

「名前は？」

「アナトリーね。アナトリー・カリネンコフというよ」

「三十代だな？」

「そう、三十六歳ね」

「正規の輸入魚介類のほかに、何か危《ヤバ》い物も船で運んでるんだろ？　たとえば、ロシアの領海で密漁された魚や蟹なんかをな」

「えっ」

「どうなんだっ」

「わたし、寺久保さんにはよくしてもらってる。社長を裏切ったら、恩知らずになるね」

カリネンコフが言った。

「図星だったようだな。密漁された魚や蟹を大量に買い付けてるのは、北誠会勝沼組なんだなっ」

「そこまでは知らない。わたし、寺久保社長に頼まれて、サハリンで密漁された魚介類を買い集め、正規の輸出品と一緒に釧路港に運んでるだけ」

「寺久保は、おれをどうしろと言ったんだ？」

生方は銃口でカリネンコフのこめかみを小突いた。

「寺久保さん、会社の近くにムートンのコートを着た男が張り込んでるから、その男を少し痛めつけて、正体を突きとめてほしい。そう言ったね」

「そうか。広瀬という勝沼組の組員とは会ったことがないのか？」

「わたし、その人と一度も会ったことないよ」

「寺久保は自宅に帰ったのか？」

「それ、違う。多分、社長はイリーナさんの家にいると思うね」

「イリーナ？」

「そうね。イリーナ・ザコーニエさんのこと。イリーナさんはハバロフスク出身の金髪美人ね。三年前まで彼女、札幌の白人クラブのナンバーワン・ホステスだった。寺久保社長はイリーナさんが大好きになって、自分の愛人にした。わたし、羨《うらや》ましいよ。イリーナさん、まだ二十五ね。ロシアの女は中年になると、たいがい太っちゃう。でも、イリーナさんはすごくスタイルがいい」

「イリーナというロシア美人の家は知ってるんだな？」

「ここから二、三キロ先の一軒家に住んでるね。寺久保社長は週末しか自宅に戻らない。平日は、いつもイリーナさんと一緒にいるよ」

「そうかい。車から出ろ」

「あなた、わたしをどうする気？」

　カリネンコフが不安顔でたずねた。

「言われた通りにすれば、発砲はしない。おれが借りた車で、イリーナの自宅に向かおう。運転するのは、そっちだ」

「わたし、寺久保社長と顔を合わせたくないよ。頼まれたこと、ちゃんとできなかったからね」

「イリーナの家におれを案内しなかったら、おまえの顎《あご》の関節を外して、片方の太腿《ふともも》に九ミリ弾を撃ち込む。それでもいいのか？」

「それ、困る。わたし、あなたに逆《さか》らわないよ」

「早く外に出ろ」

生方は急《せ》きたてた。

カリネンコフがシートベルトを外して、エルグランドから離れた。

生方は小型リボルバーで威嚇《いかく》しながら、ロシア人をマークIIの運転席に坐らせた。すぐに後部座席に入り、銃口をカリネンコフの首筋に密着させる。

「妙な考えを起こしたら、すぐにおまえを撃つぞ」

「わかってる。わたし、あなたの命令に従うよ。車、スタートさせてもいい？」

「ああ」

「それじゃ、行くよ」

カリネンコフがレンタカーを穏やかに発進させた。巨身である。いかにも運転しにくそうだ。

「密漁された魚介類をサハリンで買い集めて、年にどのくらい儲けてるんだ？」

「たいしたことないね。日本円で四、五百万しか儲けてないよ、一年間で」

「それでもサハリンでは、リッチマンなんだろ？」

「ま、そうね。わたし、中古だけど、セルシオに乗ってる。女房と五つの息子も、いい服着てるね」

「ロシア漁業公団の職員でありながら、汚れたサイド・ビジネスに精出してるのか」

「悪いことしないで生活できれば、それが一番ね。でも、ソ連邦が解体してから、ロシアの経済は歪《ゆが》みっ放しなんだ。ひと握りの資本家が富を手に入れて、軍人や官僚はギャング化してる。漁業公団の幹部職員たちだって、密漁に目をつぶって漁民たちから口留《ど》め料を貰ってるんだ。マフィアの数は年々増えてるし、浮浪者や売春婦だらけになってしまった。プーチンが悪いんだよ。あいつは富や権力を握った連中にいい顔ばかりして、庶民の暮らしのことなんかちっとも考えていない。ロシアの将来は暗いね。誰もがエゴイズムを剝《む》き出しにして、自分だけ得したいと思ってるから」

「後ろめたいアルバイトをしてるおまえが偉そうなことを言えるのかっ」

「そう言われると、わたし、口を噤《つぐ》まなくちゃならないよ」

「そうしろ」

生方は雑談を切り上げた。

いつしか沿道の民家は途切れていた。両側は深い森だった。カリネンコフが、阿寒カントリークラブの先でマークIIを右折させた。

林道を一キロほど行くと、急に視界が展《ひら》けた。右手に北欧風の住宅が見える。敷地は五百坪以上はあるだろう。車寄せには、見覚えのあるレクサスが駐《と》められている。その横には、白っぽいBMWが見えた。愛人のイリーナの車だろう。

生方はイリーナの自宅の少し手前でマークIIを停めさせた。先に車を降り、カリネンコフを運転席から引きずり出す。

身長差は十五センチ前後はあった。生方は、カリネンコフの脇腹に小型リボルバーの銃口を突きつけた。

「そっちが玄関のチャイムを鳴らすんだ。いいな？」

「わたし、寺久保社長に怒られるよ。先に帰らせて」

「まだそんなことを言ってるのかっ。おれを怒らせたいんだな！」

「わかったよ。わたし、言われた通りにする」

カリネンコフが肩を竦《すく》め、観念した表情で歩きはじめた。

二人は除雪された石畳をたどって、ポーチに上がった。カリネンコフがインターフォンを鳴らす。

少し間《ま》があって、スピーカーから寺久保の声が流れてきた。

「どなたかな？」

「わたしね」

「アナトリーだな。中村一郎と自称してる男の正体を突きとめてくれたんだね？」

「ええ、まあ」

「ご苦労さんだったね。いま、そっちに行く」

「はい」

カリネンコフが少し退《さ》がった。

生方は大柄なロシア人の片腕を掴み、小型リボルバーをベルトの下に差し入れた。そのすぐあと、玄関ドアが開けられた。

生方は前に出た。寺久保が驚きの声を洩らした。

「カネリンコフが、サハリンから密漁された魚介類を正規の水産物と一緒に釧路港に運んでることを吐いた。それから、おたくに頼まれて、おれを尾《つ》けたこともな」

「なんてことなんだ」

「昼間は広瀬の兄貴分に化けたが、実は東京の私服警官なんだ」

「嘘でしょ!?」

「いや、事実だよ」

生方は警察手帳を提示した。寺久保とカリネンコフが顔を見合わせ、溜息をついた。

「広瀬と奈々の居所は？」

「あなたが会社に来られるまで、二人は屈斜路湖畔のホテルにいたんです」

「こっちが辞去した後、広瀬に電話をしたんだな？」

「はい。あなたがやくざ者には見えなかったんで、偽の兄貴分ではないかと思ったんです。広瀬君に確かめたら、案の定《じよう》、中村一郎なんて名の兄貴分はいないと……」

「寺久保さんは広瀬たちを逃がしたわけだ。犯罪者の逃亡に協力しただけで、刑罰を科せられるんだぞ」

「もちろん、そのことはわかってます。しかし、広瀬君にはいろいろ弱みを握られてますんで、協力しないわけにはいかなかったんです」

「イリーナさんのことは、カリネンコフから聞いた。ハバロフスク育ちの金髪美人はオーバーステイなんだね？」

「不法残留というよりも、イリーナは不正な方法で入国したんです。イリーナは二十歳《はたち》のときに興行ビザで来日して、札幌のナイトクラブでショー・ダンサーをしてたんですよ。しかし、オーバーステイでロシアに強制送還されたんです」

「それで？」

「すでにイリーナにぞっこんでしたので、わたしはどうしても彼女を北海道に呼び寄せたかったんです。で、店の用心棒をやってた広瀬君に相談したら、偽造パスポートを用意してくれたんですよ。イリーナはふたたび札幌に来て、白人クラブで働くようになりました。わたしは週に一度は札幌に通い、イリーナを……」

「愛人として囲うようになったわけか」

「ええ、そうです。むろん、妻には内緒にしてます」

「そういう弱みをちらつかされて、広瀬にロシア領海で密漁された魚や蟹をサハリンから運ぶよう強要されたんだね？」

　生方は確かめた。

「魚介類の運搬だけではなく、サハリンでの買い付けも強《し》いられました。わたしは旧知のカリネンコフ君を抱き込んで、密漁された鮭、鱈、鰊、毛蟹、たらば蟹なんかを買い集めさせて、正規の輸入海産物と一緒に船で釧路に運ばせてたんです」

「広瀬は密漁水産物をどこに運んでたのかな？」

「勝沼組直営の『勝沼水産』という卸し問屋に集められて、道内のファミリー・レストラン、ホテル、旅館に市価の八割ぐらいの値で売り捌いてるんです。サハリンでの買い付け値は十分の一ほどですから、ボロい商売ですよ。勝沼組はこれまでに五十億円以上の純利益を稼いだでしょうね」

「広瀬たちはどこに逃げると言ってた？」

「そこまでは教えてくれませんでしたが、すぐに釧路を離れると言ってました。道内のあちこちを転々としてから、札幌に戻る気なんでしょうね。刑事さん、広瀬君は何をしたんです？」

　寺久保が問いかけてきた。

「広瀬は愛人の奈々を使って、北海道タイムスの社会部記者を婦女暴行犯に仕立てた疑いが濃いんだ。その記者の妹は先夜、西新宿の自宅マンションで殺害されてしまった。二つの事件にはつながりがあると思えたんで、北海道で非公式な捜査をしてたんだよ」

「そうだったんですか。そうとわかってたら、広瀬君たちを逃がしたりしなかったんですがね。すみませんでした」

「そのことは、もういい。しかし、広瀬とはきっぱりと縁を切らないと、あなたはこの先も悪事の片棒を担《かつ》がされるな。密漁水産物の不正輸入は即刻、やめるべきだ」

生方は語気を強めた。寺久保がうなだれた。

そのとき、奥からブロンド美人が現われた。

「そこじゃ、寒いっしょ？」

「北海道弁が板に付いてるね。きみはイリーナさんでしょ？」

生方は訊いた。

「ええ。あなたは？」

「寺久保さんの知り合いの刑事だよ」

「刑事さん!?」

「偽造パスポートで日本に再入国するのはよくないな。入国管理局に出頭して、ハバロフスクに戻るんだね。そして、しばらくは寺久保さんと遠距離恋愛をするんだな」

「わたしたち、もう離れ離れになりたくない」

「気持ちはわからないでもないが、日本の法律は守ってもらわないとね。きみが入管に出頭しないんだったら、おれが通報することになるよ。そうなったら、そっちは永久に日本には入国できなくなる」

「あなた、どうしよう!?」

イリーナが寺久保に顔を向けた。

「刑事さんに言われた通りにしたほうがいい。きみは入管に出頭して、ハバロフスクに戻るべきだ。わたしは罪を償《つぐな》ったら、家内と離婚する。十年以上も前から妻とは家庭内別居状態だったから、すんなりと別れ話に応じてくれるだろう。そうしたら、わたしがハバロフスクに行く。一緒に生き直そうじゃないか」

「あなた、何か悪いことをしてたの？」

「札幌の暴力団に半《なか》ば脅されて、カリネンコフ君がサハリンで買い集めてくれた密漁水産物を釧路に運ばせてたんだよ」

寺久保が明かした。イリーナが早口のロシア語でカリネンコフに何か言った。咎《とが》めている様子だ。

カリネンコフが、しどろもどろに言い訳しはじめた。イリーナがバックハンドでカリネンコフの顔面を殴り、居間に走り入った。

「明朝、警察で何もかも話します。あなたのおかげで、広瀬君と手を切る勇気が湧いてきました。会社は解雇されることになるでしょうが、自業自得ですね。ご迷惑をかけて申し訳ありませんでした」

寺久保がそう言い、深々と頭を下げた。生方は目顔《めがお》でうなずき、カリネンコフに声をかけた。

「そっちも危ない副業はやめるんだな。ロシア漁業公団から追放されたら、極東マフィアのメンバーになるほかないぜ。そうなったら、奥さんや子供に軽蔑されるよ」

「そうだね。わたし、そろそろ足を洗うよ」

「ああ、そうしろ。預かった小型リボルバーは押収するからな」

「はい《ダー》」

カリネンコフは素直だった。

生方はレンタカーに駆け寄り、ベルトの下から小型リボルバーを引き抜いた。スナップを利かせて、シリンダーを左横に振り出す。

銃口を上に向けると、薬室から五つの実包が足許にばらばらと落ちた。生方は輪胴型弾倉を元に戻し、遠くに投げ放った。

(ちょっと惜《お》しい気もするが、押収した拳銃で怪しい奴らの口を割らせるわけにはいかないからな)

生方はマークIIに乗り込み、イグニッション・キーを捻《ひね》った。

第四章　癒着《ゆちゃく》の気配

1

所長室に通された。

及川法律事務所である。

生方は、人権派弁護士とコーヒー・テーブルを挟んで向かい合った。

午後三時過ぎだった。釧路から札幌に舞い戻ったのは正午前だ。

生方は無駄骨を折ることを覚悟しながら、一応、広瀬と奈々の自宅に行ってみた。やはり、結果は虚《むな》しかった。広瀬たち二人は、しばらく逃亡生活をする気になったのだろう。

広瀬は及川弁護士に釧路での出来事をつぶさに伝え、もてなされたコーヒーを口に運んだ。ブラックのままだった。

「勝沼組の企業舎弟である『勝沼水産』は、密漁水産物で儲けた金の一部を道警本部の庄司刑事部長に渡してたんじゃないのかな？」

及川が言った。

「何か根拠があるんですか？」

「うちの水島の調査報告によると、庄司健太郎の妻の実弟の津村滋《つむらしげる》が日高で酪農をやってるという話なんですが、赤字つづきらしいんですよ。農協系の金融機関に一億円近い負債があって、土地と建物は競売にかけられそうな状態なんだそうです」

「刑事部長の義弟のことをもっと詳しく教えてもらえますか」

「わかりました。津村滋は四十八歳で、二十代のころはサラリーマンでした。しかし、勤務先がライバル社に合併吸収されたときに退社して、奥さんと一緒にニュージーランドの牧場にホームステイして、酪農の勉強を一年間したようですね。そして帰国後、出身地の日高で酪農をはじめたんです。後継《あとつ》ぎのいない老酪農家夫婦に牧場と五十頭ほどの乳牛を格安で譲ってもらってね」

「経営状態は、ずっと厳しかったんでしょうか？」

「そうみたいですね。牛乳の需要量が年々減少してますし、乳製品の出荷量もそれほど多くなかったんで、毎年、数百万円の赤字を出してたようです。それでも庄司刑事部長の義弟夫婦は朝から晩まで懸命に働きつづけたというんです」

「そうですか。道警本部のナンバースリーなら、一般の公務員よりもずっと年俸は多いはずです。とはいえ、義弟夫婦の赤字分を補塡《ほてん》してやることは難しいでしょう」

「ええ、そうでしょうね。そこで、庄司刑事部長は『勝沼水産』の非合法ビジネスの儲けの上前をはねて、その金を義弟夫婦に回してやってたという推測はできます」

「それだけなんだろうか。庄司健太郎は個人的に勝沼組にたかってただけなんでしょうかね？」

「道警の組織ぐるみの不正の疑いも、まだ消えてませんよね。庄司が裏社会からのカンパの窓口を務《つと》めてるんだったら、吸い上げたブラック・マネーの一部を着服して、それを義弟に回してたことになるな」

「ええ、そうですね。どちらであっても、道警のナンバースリーが北誠会勝沼組と癒着してる事実が明るみに出たら、大変なことになります。庄司健太郎が勝沼組の組長に高見沢記者を犯罪者に仕立ててくれと頼んだんだろうか。それとも、勝沼が自発的に高見沢君を陥れたんですかね？」

「どちらかが画策したんでしょう」

生方は言って、脚《あし》を組んだ。

そのとき、所長室のドアがノックされた。

「水島です。ちょっとよろしいですか」

「どうぞ」

及川が応じた。ドアが開けられ、ベテラン調査員が入室した。

「何かあったんだね？」

及川が水島に顔を向けた。

「テレビの速報が流れたんですが、ホームレスの男が北海道タイムス本社ビルの一階ロビーと全道民オンブズマン事務局に手榴弾《しゆりゆうだん》を一発ずつ投げ込んだようなんですよ」

「なんだって!?　それで、負傷者の数は？」

「幸いなことに怪我人はまったくいないとのことでした」

「目的は、単なる威嚇《いかく》なんだろうな。狙われた新聞社とオンブズマンは、〝道警のその後〟の追跡キャンペーンを推進してた。道警が双方に警告の意味で、路上生活してる男に手榴弾を投げ込ませたんだろうか」

「そうだったとしたら、道警はいまもせっせと裏金づくりに励んでるんでしょう」

「だろうね」

「道警本部の庄司刑事部長が汚れ役を引き受けて、暴力団にカンパさせてるのかもしれませんよ。それで集めた金の一部を義弟夫婦に回してやってるんではないですかね？」

水島が言った。

「だとしたら、刑事部長の義弟は負債をきれいにしてそうだな」

「一括返済《いっかつへんさい》したら、義弟の津村滋は周囲の人たちに怪しまれることになります。ですから、競売を免れる程度の額を少しずつ返してるのではないでしょうか」

「そうかもしれないな。それから庄司刑事部長は銀行の振り込みは避けて、義弟に現金を手渡してる。もちろん、裏社会からの寄附もキャッシュで受け取ってるんだろう。証拠を残すと、何かと都合が悪いからな」

「ええ、そうですね」

「水島さん、手榴弾を投げ込んだ犯人はもう捕まったんですか？」

生方は会話に割り込んだ。

「速報では、犯人は逃走中だと報じられてました。しかし、時間の問題で逮捕されるでしょう。ホームレスなら、潜伏できる場所は限られてますからね」

「犯人が暴力団関係者に頼まれて北海道タイムス本社と全道民オンブズマン事務所に手榴弾を投げ込んだんなら、当然、まとまった謝礼を貰ったはずです」

「そうか、そうですね。貰った金で衣服を買い、ホテル、旅館、モーテル、ネット・カフェなんかに潜り込むことも可能だな」

「ええ。しかし、その前に犯人は二発の手榴弾を用意した人物に口を封じられるかもしれません」

「そうなったら、背後関係の洗い出しに時間がかかりそうですね。仮にホームレスに犯行《ヤマ》を踏ませた奴が組員だったとしても、刑事部長と結びついてたら、捜査はスムーズに進まないでしょう」

「ええ、そうですね。どうもお邪魔しました」

水島がどちらにともなく言って、所長室から出ていった。すると、及川が先に口を切った。

「生方さん、道警は組織ぐるみで暴力団の上前をはねてるようですね。庄司刑事部長が個人的に勝沼組にたかってるんだったら、何もホームレスに新聞社や市民運動グループの事務局に手榴弾を投げ込ませたりしないでしょ？」

「そうですかね。三年数ヵ月前に道警が組織ぐるみで裏金をプールしてたことが北海道タイムスに暴かれてるんです。そのことで、反省もしてるはずです。事件に警察が関与してるとは思えないんですよね」

生方は異論を唱えた。

道警本部が爆破事件の絵図を画《か》いたとしたら、浅知恵すぎる。荒っぽい警告を発したら、かえって逆効果だ。北海道タイムスや全道民オンブズマンに、いまだに組織ぐるみで裏金を捻出していると勘繰《かんぐ》られてしまう。

庄司刑事部長が個人的な不正を糊塗《こと》する目的で、あたかも道警ぐるみのたかりと見せかけようとしたのではないか。そんなふうにも疑える。

ただ、その推測では腑に落ちない点があった。庄司が義弟夫婦を窮地から救ってやりたいと考えたとしても、犯罪者になるほど自己犠牲を払うものだろうか。道警のナンバースリーのポストは軽くない。

不正が発覚したら、それこそ身の破滅だ。ある程度の出世欲のある人間が、そこまで無謀なことをするとは考えにくい。妻の弟の人柄や生き方を高く評価していたとしても、自分の人生を棒に振る気にはならないだろう。

庄司は本部長か、副本部長のために汚れ役を引き受けたのか。道警本部のトップやナンバーツウに恩を売っておけば、退官後の生活は安泰だ。共済組合の年金を貰うだけではなく、天下り先から二千万円程度の年俸は得られるだろう。

「道警は組織ぐるみで暴力団の上前をはねてるのではなく、本部長か副部長が私腹を肥やしてるんではないかな？」

「生方さん、何か根拠を掴んだんですね？」

「いいえ。ただの勘です。本部長か副本部長の身内に事業でしくじった者がいるかどうか、水島さんにちょっと調べてもらっていただけますか？」

「それはかまいませんが、道警のトップやナンバーツウが暴力団のブラック・マネーを掠《かす》め取るなんてことはないでしょ？」

「それはわかりませんよ。総理大臣や現職閣僚が疑獄事件に連座して起訴されたケースは、一例や二例だけではありません。どんなに立身出世した権力者も、金には弱いものです」

「確かにね。金には、それだけの魔力がありますから。しかし、本部長や副部長が強請《ゆす》めいたことをしてるとは……」

「もちろん、どちらも自分の手を直《じか》に汚してはいないでしょう」

「庄司刑事部長がどちらかの汚れ役を引き受けてるかもしれないとおっしゃるんですね？」

「そういう可能性もなくはないと思ったんですよ。刑事部長にとっては屈辱的なことだろうが、メリットも大きいはずですから」

「そうだな。本部長と副部長の私的なことを水島調査員に洗わせましょう。それから、広瀬たち二人に関する情報も集めてもらいます」

「お願いします。『旭洋水産』の寺久保社長はきょうか明日にでも愛人のロシア人女性を入管に出頭させて、彼自身も警察に行くでしょう。そして、サハリンで買い集めてた密漁水産物を『勝沼水産』に流してたことを供述すると思います」

「密輸ビジネスで儲けた金の一部が庄司刑事部長に渡ってた証拠を早く押さえたいですね。高見沢記者が言ってた通り庄司と勝沼組長がレストランで密談してたことを立証できれば、レイプ事件が仕組まれたものであると裁判で反対論告できますからね」

「ええ。それだけではなく、亜希さんの事件の解明もできるかもしれません」

「そうですね。もう少し時間がかかるかもしれませんが、われわれは真相に迫りましょう」

及川が言った。

生方は大きくうなずき、ほどなくソファから立ち上がった。及川法律事務所を後にし、北海道タイムス本社に徒歩で向かう。

十分ほどで新聞社に着いた。

表玄関付近には黄色い立入禁止のテープが張られ、その前には複数の制服警官が立っていた。道路には覆面パトカーや鑑識車が連《つら》なっている。道警機動捜査隊初動班や所轄署の刑事たちの姿も見えた。まだ現場検証中なのだろう。

生方は群がる報道関係者たちを掻《か》き分け、立番の若い巡査に近づいた。

「東京の新宿署の者なんだが、別件で社会部の芳賀部長に面会したいんだ」

「失礼ですが、警察手帳をご提示願えますか？」

相手が言った。生方は言われた通りにして、黄色いテープを潜《くぐ》った。

表玄関のガラス扉は爆風で砕《くだ》け散っていた。エントランス・ロビーの床が抉《えぐ》れ、壁は黒焦《こ》げになっている。受付カウンターの一部も破損していた。

生方は出入口付近にいる捜査員や鑑識係員たちに警察手帳を見せながら、一階ロビーに足を踏み入れた。受付嬢の姿は見当たらない。

生方はエレベーター・ホールに直行し、六階に上がった。

社会部に入ると、すぐに芳賀部長が生方に気がついた。

生方は会釈《えしゃく》した。芳賀が自席から立ち上がり、生方を会議室に導いた。

「さきほどまで及川弁護士のオフィスにいたんですよ。こちらと全道民オンブズマン事務局の二ヵ所に手榴弾が一発ずつ投げ込まれたということを調査員の水島さんに教えてもらって、とりあえずお見舞いに……」

生方は向かい合うなり、まず言った。

「それは、わざわざ申し訳ありません。爆発音に驚いた受付嬢がショックで一時的に失語症のようになりましたが、幸運にも怪我人はひとりも出ませんでした」

「不幸中の幸いでしたね。ホームレスらしい犯人の男はまだ逮捕されてないようですが、何か手がかりは？」

「受付嬢の証言によりますと、一階ロビーに手榴弾を投げ込んだ五十絡《がら》みの男は犯行直前まで社の斜め前の舗道にひと目で組員とわかる三十歳前後の奴と立ち話をしてたらしいんですよ。おそらく、そいつは北誠会の二次か三次団体の構成員なんでしょう」

「これまでのことを考えると、そう考えられますね。その男は実行犯に手榴弾を渡して犯行を見届け、すぐに逃げ《フケ》たんでしょう」

「そうなんでしょうね。実行犯もじきに逃げて、次に全道民オンブズマンの事務局に手榴弾を投げ込んだわけです。事務局は三百メートルほど離れた場所にあるんですよ」

「そちらの被害状況は？」

「出入口近くに置いてあった傘立てが吹っ飛んで、観葉植物の鉢が粉々に割れてしまったそうです。しかし、運よく負傷者は出ませんでした」

「それはよかった」

「うちの社と全道民オンブズマン事務局が標的にされたのは、〝道警のその後〟の追跡キャンペーンの準備をはじめてたからでしょう。要するに、警告のテロリズムですよね？」

「そうなんだと思います。ということは、道警本部、もしくは道警関係者が暴力団との黒い関係を暴《あば》かれたくなくって、追跡取材をストップさせようとしたんでしょうか？」

「そうにちがいありませんよ。高見沢君を婦女暴行犯に仕立てたのは勝沼組の広瀬と思われますから、北誠会は道警か道警関係者とつながってるんでしょう」

「わたしも、そう睨んでます。ただ、庄司刑事部長個人が勝沼組のブラック・マネーの一部を吸い上げてるのか、本部長か副部長に頼まれて汚れ役を引き受けたのかどうかがはっきりしないんですよ」

「釧路で何か収穫があったんでしょ？」

芳賀が好奇心を露《あらわ》にした。生方は釧路での出来事を包み隠さずに話した。

「勝沼組の企業舎弟はロシア領海で密漁された魚や蟹で荒稼ぎしてたのか。勝沼は北誠会の組長の中で最も儲けてるんですよ。だから、上納金も一番多いんじゃないかな。今岡会長の片腕なんですよ、勝沼は」

「話は飛びますが、及川弁護士から庄司刑事部長の義弟の津村滋という男が一億ほどの負債を抱えてるという情報を得ました」

「もう少し詳しく教えてくれませんか」

芳賀が言った。生方は、酪農家夫婦のことを詳しく伝えた。

「そういうことなら、庄司健太郎が妻の弟をサポートする気になって、勝沼組から上前を個人的にはねてたんでしょう」

「ナンバースリーまで出世した庄司がそこまでやりますかね。わたしは道警のトップかナンバーツウに頼まれて、ブラック・マネーの集金を庄司刑事部長が代行してる可能性もあると考えはじめてるんですが、芳賀さんはどう思われます？」

「それはないでしょう」

芳賀が言下《げんか》に否定した。

「そうでしょうか」

「道警の本部長や副部長まで昇りつめたら、プライドは強いでしょうし、倫理も弁《わきま》えてるでしょう。それから、保身本能も想像以上に強いはずです。ですから、道警のトップとナンバーツウが裏金欲しさに庄司刑事部長に汚れ役を押しつけるとは考えにくいな」

「人生の先輩がそうおっしゃるなら、その通りなのかもしれません」

「ナンバースリーの庄司が勝沼組の上前をはねてるとしても、それは義弟を救うだけとは思えませんね。ひょっとしたら、庄司は誰か大物に致命的な弱みを握られて、汚れた金を吸い上げることを強《し》いられてるのかもしれないな」

「その人物は、道警の内部の者ではない？」

「ええ、多分ね」

「庄司刑事部長の致命的な弱みですが、どんなことが考えられます？」

生方は問いかけた。

「家族の誰かが犯罪行為をしたのかもしれない」

「身内の犯罪の一部始終を目撃した人物が庄司に汚れ役を押しつけたかもしれないってことですね？」

「そうです。その目撃者は一般市民やチンピラじゃなく、かなりの実力者なんでしょう。しかし、何か事情があって、億単位の金が必要だった。そう考えれば、庄司が仕方なく勝沼組に無心したことの説明がつくんじゃないだろうか」

「芳賀さんの推測が正しいとしたら、きょうの手榴弾投げ込み事件はミスリードを狙った小細工ってことになりますよね？　つまり、道警関係者と暴力団が結託して、〝道警のその後〟の追跡取材を妨害してるように見せかけたかった。そういう偽装工作だったとも考えられます」

「ああ、そうなるね。仮に庄司の致命的な弱みを摑んだ人物がいたとしても、そこまで手の込んだことをやる必要もないわけか」

「ま、そうですね」

「となると、やっぱり道警関係者が庄司に汚れ役を押しつけたんだろうか。なんか頭が混乱してきたな」

芳賀が苦く笑った。

「もっと単純に考えたほうがいいのかもしれませんよ」

「そうだね」

「わたしはこの後、少し勝沼組長の動きを探ってみるつもりです」

生方は告げて、おもむろに立ち上がった。

2

冷凍倉庫は三棟あった。

車寄せには六台の保冷車が並んでいる。

札幌市白石《しろいし》区の外れにある『勝沼水産』だ。

生方はレンタカーのアリオンの運転席から、『勝沼水産』の正門に視線を注《そそ》いでいた。

見通しは悪くない。

午後四時を回っていた。勝沼組長が組織の企業舎弟の事務所内にいることは、偽電話で確認済みだった。生方は北誠会の理事のひとりになりすまし、勝沼組に電話をかけ、組長の居所を探り出したのである。

さらに数十分前に『勝沼水産』に偽電話をかけ、組長を会社の前まで呼び出した。現われた勝沼は一見、商社マン風だった。

紺系のスリー・ピースに身を包み、地味な柄のネクタイを締めていた。髪型は七三分けだった。ただ、目の配り方は筋者《すじもの》特有で、眼光が鋭かった。

（勝沼が道警の庄司刑事部長と接触してくれるといいんだが……）

生方は煙草をくわえた。

張り込みは、いつも自分との闘いだ。もどかしさを抑《おさ》え込み、マークした人物が動きだすのを辛抱《しんぼう》強く待つ。焦《あせ》ったら、ろくな結果は招かない。

生方は一服し終えても、ひたすら待ちつづけた。及川法律事務所の水島調査員から電話がかかってきたのは、午後五時過ぎだった。

「道警本部長と副部長の資産状況を調べてみたんですが、どちらも経済的に困ってる様子はうかがえなかったですね」

「二人の身内に大きな借金を抱えてる者もいませんでした？」

「ええ」

「そうですか。となると、道警のトップとナンバーツゥが庄司刑事部長をダミーにして、暴力団のブラック・マネーを吸い上げさせてた可能性はなさそうだな」

「そうですね。それから、北海道タイムス本社と全道民オンブズマン事務所に手榴弾を投げ込んだ犯人が少し前に札幌中央署に逮捕されました」

「そいつのことを詳しく教えてください」

「はい。名前は北詰昌男《きたづめまさお》で、旭川出身の元家具職人です。年齢は五十四です。北詰は勤め先の工場長と仕事のことでぶつかって、会社を辞めてしまったようです」

「家族は？」

「十数年前に離婚し、その後は独り暮らしをしてたようです。ひとり娘は、別れた奥さんが引き取ったという話でした」

「北詰は職を求めて、旭川から札幌に出てきたんですね？」

　生方は問いかけた。

「ええ、そうです。ずいぶんハローワークに通ったみたいですが、年齢がネックになって、なかなか働き口が見つからなかったようです。そうこうしてるうちに所持金もなくなってしまったんで、路上生活者になったらしいんです」

「北海道の冬を戸外で過ごしたら、凍死しちゃうでしょ？」

「そうですね。だから、北詰は雑居ビルのボイラー室に忍び込んで暖を取ってたようですよ」

「それで、北詰は犯行を認めてるんですか？」

「ええ、全面自供したそうです。ただし、二個の手榴弾と十万円をくれた組員っぽい男に関しては、名前も所属してる組の名も知らないと繰り返してるという話でした」

「そうですか。正体不明の男は、おそらく北誠会の関係者なんでしょう」

「ええ、多分ね。わたし、これから道警の庄司刑事部長に貼りついてみます。生方さんは、勝沼組の組長をマークされてるんでしたね？」

「そうです。いま、『勝沼水産』の近くで張り込み中なんですよ。何か動きがありましたら、連絡を取り合いましょう」

「わかりました」

水島が通話を切り上げた。生方は折り畳んだ携帯電話をムートン・コートのポケットに戻した。

元家具職人の北詰という男の線から、背後関係を割り出すことは困難だろう。手榴弾投げ込み事件は偽装工作だったのか。そうではなく、警告だったのか。どちらとも断定しがたい。

『勝沼水産』から黒塗りのセルシオが走り出てきたのは、六時半過ぎだった。ステアリングを握っているのは、三十一、二の角刈りの男だ。後部座席には勝沼組長が坐っていた。兇暴そうな面構えだ。

セルシオが遠ざかった。

生方は真珠色のアリオンを発進させた。セルシオはJR函館本線に沿って走り、豊平川を越えた。国道二七五号線を数キロ進み、東区の閑静な住宅街に入った。

生方は用心しながら、セルシオを追った。

やがて、セルシオは豪邸に横づけされた。運転手が素早く降り、恭《うやうや》しくリア・ドアを開ける。勝沼がセルシオから出て、邸内に消えた。

生方は低速で豪邸の前を通過した。

表札を見る。今岡と記《しる》されていた。北誠会の会長宅にちがいない。

生方は今岡邸の五、六十メートル先の民家の生垣にレンタカーを寄せた。ヘッドライトを消し、エンジンを切る。ムートン・コートを手にして、アリオンを降りた。

生方はコートを羽織り、自然な足取りで今岡邸に二十メートルほど寄った。路上で待機しているセルシオのヘッドライトは消されていた。

生方は暗がりにたたずんだ。

寒い。一分も経たないうちに、指先がかじかんだ。

じっと立っていると、体の芯まで凍《こご》えた。足踏みをしながら、体温を少しずつ上げる。

それでも、寒さに耐えられなくなった。

レンタカーに戻りかけたとき、セルシオを運転していた角刈りの男が駆け込んできた。

「あんた、何をしてるんだ？」

「立ち小便してたんだよ」

生方は言い繕《つくろ》った。

「この近くに住んでるんじゃないのかい？」

「いや、違う。少し先の知人宅を訪ねたんだが、留守なんだよ」

「そうかい。てっきり今岡会長の命《タマ》狙ってる殺し屋《ヒットマン》かと思ったぜ」

「今岡会長？」

「いいから、自分の車に戻れや」

角刈りの男が言って、セルシオに駆け戻った。

（レンタカーを降りたのは、不用意だったな。今岡会長宅の様子をうかがうつもりだったんだが……）

生方はアリオンの中に戻った。すぐにレンタカーを走らせはじめ、邸宅街を回り込む。アリオンをセルシオの四十メートルほど後方に停め、手早くヘッドライトを消した。

それから間もなく、新宿署の進藤少年一係長から電話がかかってきた。

「生方君、悪いニュースなんだ。刑事課の所と武田が明日、札幌に飛ぶらしい」

「高見沢亜希殺しの事件を解く手がかりを探しに来るんだな」

「いや、どうもそうじゃないみたいだね。おそらく所《ところ》警部補たちは、生方君を別件で身柄を確保する気なんだろう」

「どんな別件で、おれをしょっぴく気なんだっ。行きつけのピアノバーはツケで飲んでるが、支払いを遅らせたことはないんです。だから、詐欺容疑で連行できるわけありませんよ。賭け麻雀もやってないしね。こっちのDNA鑑定もやらずに、亜希殺しの容疑者扱いするなんて、悪意に満ちてますよ」

「生方君は、休暇を取るのに遠縁のドクターに偽の診断書を認《したた》めさせたよな?」

「箱崎課長がおれを売ったんですか!?」

「そうじゃない、そうじゃないんだよ。刑事課の米山課長が箱崎課長にそっちの診断書を見せろと迫ったんだ。それで、うちの課長は仕方なく……」

「そうなんですか」

「刑事課の連中に厳しく問い詰められて、生方君の親類のドクターは偽の診断書を作成したことを認めてしまったんだろうね。軽い抵触だが、法律を破ったことになる」

「そうですが、微罪でしょう？　所刑事は何がなんでも、このおれを高見沢亜希殺しの犯人に仕立てたいんですよ」

「そうなんだろうが、状況証拠は生方君に不利だね。刑事課の連中は、被害者の爪の間に残されてた人間の表皮のＤＮＡ鑑定を信じてないんだろうな。きみが何か細工したと疑ってるのかもしれない。それだから、彼らは生方君のＤＮＡを検《しら》べようとしないんじゃないかね？　きみが怪しんでる押尾には一応アリバイがあるし、血液型から犯人の可能性は薄いと判断したんだろうな」

「事件当日、押尾和博が被害者の部屋にいたことは間違いないんです。刑事課の奴らは、押尾が福岡のビジネス・ホテルで自ら宿泊者カードに記帳してない事実をどう考えてるんだっ」

　思わず生方は大声を張り上げてしまった。

「うちの課長も、刑事課の米山課長にそのことを強く言ったようなんだ。しかし、刑事課は押尾が右手の親指を突き指してたという供述を鵜呑《うの》みにしたようだね。それから箱崎課長は、押尾が泊まったと主張してるホテルの部屋から指掌紋《ししょうもん》の採取をして、ＤＮＡ鑑定をすべきだとも言ったんだよ」

「刑事課は、それを拒否したんですね？」

「そうみたいなんだ」

「ひどい話だな、まったく。科学捜査を徹底すれば、事件当夜、福岡のビジネス・ホテルに泊まったのは押尾の替え玉だとすぐにわかるのに」

「刑事課の連中は、生方君に何か悪意を持ってるとしか思えないな。それは、きみが本庁捜一にいたからかもしれない。それから、彼らは福岡県警に借りを作りたくないんだろうね」

「だからって、同じ職場で働いてるおれを被疑者扱いするなんて、見込み捜査も甚《はなは》だしいですよ！」

「生方君の言う通りだ。所と武田刑事はもちろん、刑事課の米山課長もどうかしてるな。それはともかく、連中はひとまず生方君を別件で身柄《ガラ》を押さえる気でいるようだから、用心したほうがいいね」

「そうします」

「その後、単独捜査は進んでるのかな？」

進藤が訊いた。生方は手短に経過報告した。

「道警の庄司刑事部長は義弟の借金を肩代わりしてやる気になって、北誠会に無心したんじゃないだろうか？　もちろん、見返りとして構成員が逮捕《パク》られたときは捜査に手心を加えてやるとでも言ってね」

「道警のナンバースリーまで出世した人物が妻の弟のために、そこまで捨て身になるだろうか。借金だらけなのが実弟ということなら、話は別ですが」

「言われてみると、確かにそうだね。庄司刑事部長は何か理由があって、別の有力者のダミーとして動いてるのかもしれない」

「おれもそう思って、及川事務所のベテラン調査員に道警本部長と副部長の資産状況を調べてもらったんですよ。しかし、トップとナンバーツウは金に困ってる様子はなかったらしいんです」

「そうなのか。だとしたら、庄司の後ろに道警の首脳部はいないと考えたほうがいいね。しかし、北海道タイムス本社と全道民オンブズマン事務局に手榴弾が投げ込まれたことが気になるな。どう考えても、〝道警のその後〟の追跡キャンペーンを中止しろという警告のサインだと思うよ」

「そうなのかもしれませんが、マスコミや世間の目を欺《あざ》むくための偽装工作だったとも受け取れるんですよね」

「つまり、ミスリードのカムフラージュ作戦だったかもしれないってことかい？」

「そうです。そうだとしたら、勝沼組から密輸ビジネスの儲けの一部を吸い上げてるのは、道警の偉いさんたちではないってことになるでしょ？」

「そうだね。道警を敵視してる新聞社や市民運動団体の事務局に手榴弾なんか投げ込ませたら、真っ先に自分らが疑われることになるからな」

「ええ、そうなんですよね。そこで、いろいろ推測してみたんですよ。庄司は何か致命的な弱みを有力者に握られて、集金マシンにさせられてるんじゃないのかな？」

「まさか北海道知事が庄司を使って、道内最大の暴力団から汚れた銭を吸い上げさせてるんじゃないだろうね」

「進藤さん、それは考えられないでしょ？」

「半分、冗談だよ。道内の第二勢力が刑事部長のビッグ・スキャンダルを押さえて、北誠会の金庫を空っぽにする気でいるんだろうか」

「その話、リアリティがありますね。いまや暗黒社会を支配する最大の武器はマネーです。武力だけでは縄張りを拡大することはできません」

「そうだね。いま着実に勢力を伸ばしてるのは、やくざマネーを投資ファンドに回して、ハイリターンを得てる組織だけだ」

「ほかに考えられるのは、出世コースから外されたキャリア官僚とか経営不振に陥ってる道内の財界人ですかね？」

「大物財界人なら、そんなダーティーなことをやらなくても資金繰《ぐ》りはできると思うよ。小規模な事業家が一か八かの勝負を打つ気になることはあるだろうが」

「そうですね」

「生方君、『旭洋水産』に密漁水産物を流してたサハリンの犯罪グループが鮭や毛蟹を安く買い叩かれてたことに腹を立て、庄司刑事部長の致命的な弱みを握り、勝沼組が非合法ビジネスで手に入れた裏金を吸い上げさせてたと考えられないだろうか？」

「進藤さん、それは小説的な発想でしょう。サハリンで密漁された魚介類を買い集めてたカリネンコフはロシア漁業団の下級職員みたいでしたから、いわゆる極東マフィアとは何もつながりはないと思いますよ」

「だったら、見当外れの推測だろうね。とにかく、所刑事たちに用心したほうがいいな」

進藤刑事が先に電話を切った。生方は携帯電話の終了キーを押した。そのすぐあと、着信ランプが瞬《またた》いた。

発信者は歌舞伎町のピアノ・バー『ソナタ』のママだった。

「まだ悲しみに沈んでるんでしょうね。生方ちゃんは、うちのピアニストに秘めた想いを寄せてたから」

「話の腰を折るようだが、いま、北海道にいるんだよ」

「そうだってね」

「ママがなぜ、そのことを知ってるんだい⁉」

「昨夜《ゆうべ》ね、新宿署刑事課の所と武田という刑事が店にやってきたのよ。あの二人は、生方ちゃんが亜希ちゃんを殺したと疑ってるような口ぶりだったわ」

「状況証拠だけで、彼らはおれを怪しんでるんだよ。見込み捜査さ」

「わたしね、あんまり腹が立ったんで、所って刑事に言ってやったの。生方ちゃんは人殺しなんかできる人間じゃないってね。あなたが死んだ亜希ちゃんをかけがえのない女性と大事にしてたことも話してやったわ」

「所刑事の反応は？」

「生方ちゃんが片想いしてるだけで、被害者のほうはあなたのことを単なる店の常連客と見てたにちがいないと決めつけたのよ。それだけじゃないの。所って奴は、生方ちゃんがうちのツケを催促しても払ってくれないことにしてほしいと言いだしたの」

「別件逮捕のとき、よくそういう手を使うんだ。飲み屋のツケを払う意思がないということにすれば、詐欺罪が成立するんだよ」

「そうなんだってね。もちろん、わたしは断ったわ。それでも、二人の刑事はなかなか帰ろうとしなかったの」

「ママに迷惑かけちゃったな」

「そんなことはいいのよ。生方ちゃん、気にしないで。弟の保がね、見かねたらしく、カウンターから無言で出てきて、刑事たちの足許に塩を撒《ま》いたの」

「そうしたら、二人は退散したわけか？」

「そうなの。保は風来坊みたいなとこがあるけど、案外、侠気《おとこぎ》があるのよね。わたし、なんだか嬉しくなっちゃったわ」

「弟さんは、いい奴ですよ」

「わたし、ちょっと保を見直したわ。それはそうと、所刑事たちは何か別件で生方ちゃんに任意同行を求める気でいるみたいだから、あの二人の姿が視界に入ったら、ひとまず逃げたほうがいいと思うわ」

「ああ、そうするよ」

「生方ちゃん、苦しい状況に追い込まれたようだけど、必ず亜希ちゃんの命を奪った犯人を取っ捕まえてね」

「もちろん、そうするつもりだよ。ママ、弟さんによろしく伝えてくれないか」

生方は電話を切った。携帯電話を二つに折り畳んだとき、今岡邸から勝沼が姿を見せた。角刈りのドライバーが急いでセルシオから降り、リア・ドアを開けた。勝沼が小さくうなずき、後部座席に腰を沈めた。

生方は携帯電話をムートン・コートのポケットに突っ込み、ハンドルを握った。

セルシオが走りだした。地を滑るような発進の仕方だった。角刈りの男はどこか愚鈍《ぐどん》そうに見えたが、車の運転はうまいのだろう。

セルシオは邸宅街を抜けると、札幌の市街地に向かった。

生方は慎重にセルシオを尾行した。

セルシオは中央区に入ると、北四条西三丁目の交差点を左折した。すすきの高級クラブにでも行くと思っていたのだが、予想は外れた。

セルシオは、札幌全日空ホテルの手前にあるスポーツ・クラブの地下駐車場に潜《もぐ》った。

生方はレンタカーでスロープを下り、セルシオとは十台ほど離れた場所に駐《と》めた。

セルシオはエレベーター・ホールの近くに停まっている。なぜか、勝沼は車から出ようとしない。

この駐車場で誰かと落ち合って、密談するのかもしれない。

生方はアリオンを静かに降り、駐車場のセダンの後ろに回り込んだ。中腰で横に移動し、セルシオを見渡せる場所で足を止める。

数分後、エレベーターからスポーツ・ウェア姿の五十代の男が出てきた。少し遅れて、同じ函《ケージ》から及川法律事務所の水島調査員が現われた。

灰色のスポーツ・ウェアをまとった男は大股でセルシオに近づき、後部座席に乗り込んだ。勝沼が笑顔で相手に何か話しかけた。二人は親しげだった。

水島はセルシオを横目で眺めながら、中ほどのコンクリートの支柱の陰に隠れた。セルシオの後部座席にいる二人は何か言い交わしている。だが、その会話は耳には届かない。

(ここにいても仕方ないな)

生方は姿勢を低くして、セルシオから離れた。水島のいる場所まで忍び足で進む。

気配で、水島が振り返った。

「生方さん……」

「スポーツ・ウェア姿の男は、道警の庄司刑事部長ですね?」

「ええ、そうです。あなたは勝沼を尾行してきたんでしょ?」

「そうです。庄司と勝沼は何度か、この地下駐車場で落ち合ってるようだな。刑事部長はきょろきょろすることなく、まっすぐにセルシオに歩み寄りましたからね」

「生方さんのおっしゃった通りなんだと思います」

「二人が人目につきにくい場所で接触してるのは、後ろ暗い気持ちがあるからなんだろう。勝沼のほうはともかく、庄司は疚《やま》しさを覚えてるにちがいない」

「でしょうね。やっぱり、庄司は北誠会からブラック・マネーをカンパさせてるんでしょう」

「そうなんだろうな」

　生方は相槌を打った。

「問題は庄司の単独の犯行なのか、それともバックに首謀者がいるかどうかですね」

「ええ」

「相手が一介の警察官とチンピラやくざなら、ちょっと揺さぶりをかけてみることもできるんでしょうが、道警のナンバースリーと一家を構えてる組長ですからねえ」

「下手に揺さぶりをかけたら、闇の奥に逃げ込まれてしまいます。ここで、二人の様子をうかがいましょう」

「ええ」

　水島が口を結んだ。

　生方たちはセルシオから目を離さなかった。

　十数分後、庄司がセルシオを降りた。何も持っていなかった。勝沼とは何か話をしたただけで、金品の受け渡しはなかったようだ。

「わたしは五階のトレーニング・ジムに戻って、庄司の動きを探りつづけます。あなたは、勝沼の尾行をお願いします」

水島が小声で言って、さりげなく通路に出た。

生方は体を反転させ、レンタカーに乗り込んだ。運転席のドアを閉めたとき、セルシオが動きはじめた。

生方はアリオンのエンジンを始動させた。

3

女の視線が気になった。

生方はベーコン・エッグにナイフを入れながら、三つ離れたテーブル席を見た。

大通公園沿いにあるシティ・ホテルのグリルだ。一階だった。

勝沼を尾《つ》けた翌朝である。午前十時過ぎだった。前の晩、スポーツ・クラブを出たセルシオは南七条西八丁目に回った。

勝沼は、東本願寺札幌別院の真裏にある戸建て住宅の前でセルシオを降りた。黒塗りの高級国産車が走り去ると、組長は馴《な》れた足取りで門扉《もんぴ》を潜《くぐ》った。玄関から現われたのは、着物姿の妖艶《ようえん》な美女だった。三十歳前後だろう。

勝沼は玄関先で女を抱き寄せ、軽いくちづけを交わした。愛人にちがいない。生方は表札を確かめた。芦田《あしだ》という苗字《みようじ》だけしか掲げられていなかった。

生方は、その家の前で張り込みはじめた。三十分ほど経過したとき、水島から連絡が入った。庄司健太郎は厚別《あつべつ》区にある自宅にまっすぐ帰ったという報告だった。

生方は、芦田宅の近くで二時間ほど張り込んだ。しかし、勝沼は愛人宅と思われる平屋から出てこない。泊まる気なのだろう。

生方はそう判断し、このホテルにチェック・インしたのである。通されたのは十一階のシングルの部屋だった。

さきほどから生方を盗み見ている女は二十七、八で、清楚《せいそ》な印象を与える美人だ。目が合うと、彼女は狼狽気味にクロワッサンを抓《つま》み上げた。飲み物はカフェ・オ・レだった。

いったい何者なのか。

生方は視線を戻し、ベーコン・エッグを口に運びはじめた。すぐに正体不明の美しい女の視線をこめかみのあたりに感じた。

生方は顔を上げた。軽く睨みつけると、相手は明らかにうろたえた。卓上の伝票を摑み上げ、ウール・コートとマフラーを小脇に抱えた。どうやら宿泊客ではなさそうだ。

不審な女は立ち上がり、レジに急いだ。支払いを済ませ、そそくさとグリルを出た。

生方はペーパー・ナプキンで口許を拭《ぬぐ》い、腰を浮かせた。レジで伝票にサインして、女の後を追う。二日分の宿泊保証金を前夜、フロントで支払っていた。

謎の美女はロビーを抜け、回転扉を通過した。表玄関前にたたずみ、ハンドバッグから携帯電話を取り出した。どこかに電話をかけ、客待ち中のタクシーに乗り込んだ。

そのタクシーがロータリーを回り切ったのを見届けてから、生方は空車に飛び乗った。女を乗せている前走のタクシーを追跡してもらう。

「お客さん、興信所の方なんでしょ？　前のタクシーの客は若い人妻なんだけど、浮気をしてる。そうなんですね？」

四十代後半の運転手が言った。

「好きに考えてくれ」

「え？」

「黙って運転してくれないか」

生方はうっとうしくなって、冷ややかな声を出した。タクシー・ドライバーはむっとした表情になったが、何も言わなかった。

怪しい女を乗せたタクシーは札幌駅前通に出ると、北上した。西区の端を抜け、やがて北区に入った。

新琴似《しんことに》に入って間もなく、女はタクシーを花屋の前で停めさせた。車を待たせ、大きな花束を買い求めた。

ふたたび女を乗せたタクシーは新興住宅街を一キロほど走り、ある戸建て住宅の前で停止した。なんと高見沢亜希の実家だった。

女はタクシーを降り、高見沢宅のインターフォンを鳴らした。短い遣《や》り取りをして、家の中に消えた。

生方は料金を払って、タクシーを降りた。往来を行きつ戻りつしながら、時間を遣《や》り過ごす。正体のわからない女が外に現われたのは、小《こ》一時間後だった。

泣いていた。女はハンカチを目頭に当てながら、表通りに向かって歩きだした。

生方は女を呼びとめたい衝動に駆られたが、すぐに思い留《とど》まった。

ほどなく女の姿が視界から消えた。

生方は高見沢宅の前に立ち、インターフォンを鳴らした。ややあって、スピーカーから亜希の母親の声で応答があった。

生方は名乗って、ポーチに進んだ。待つほどもなく房江が顔を見せた。

「亜希さんの葬儀に列席できなくて、申し訳ありませんでした」

「いいんですよ」

「少し前にお宅から二十七、八の女性が出ていかれましたよね？　あの方はどなたなんです？」

「亜希の高校時代からの親友で、森岡真澄《もりおかますみ》さんというの。あのう、彼女が捜査の対象になってるんでしょうか？」

「気のせいかもしれませんが、森岡さんという女性がわたしの動きを探ってるように感じられたんですよ。それで、ここまで尾けてきたんです」

生方はそう前置きして、ホテルでの出来事を明かした。

「森岡さんが生方さんを監視しなければならない理由なんてないはずよ」

「ええ、そうですよね。わたしの早とちりかもしれません。手ぶらで来てしまったんですが、亜希さんに線香を手向《たむ》けさせてもらえますか？」

「ぜひ、そうしてやってください。あいにく主人はお寺に打ち合わせに出かけてしまいましたが、どうぞお入りになって」

房江が玄関のドアを一杯に開いた。

生方は目礼し、三和土《たたき》に足を踏み入れた。亜希の母親に導かれて、階下の奥にある和室に入る。遺骨は白布の掛かった祭壇の上に置かれていた。

遺影は多くの花に囲まれている。供物《くもつ》も多い。

生方は祭壇の前に正座し、しばし遺影を見つめた。

ありし日の故人は、匂うような微笑をたたえている。悲しみが込み上げてきた。生方は線香を手向け、五分ほど合掌した。

『ソナタ』でピアノを演奏している亜希の姿がありありと脳裏に蘇《よみがえ》った。故人との別離は不意に訪れた。何も心の準備はしていなかった。それだけにショックは尾を曳《ひ》きそうだった。

生方は、人の命の儚《はかな》さをしみじみと感じた。なぜ、亜希に自分の想いを告げなかったのか。妻と死別していることや故人と年齢差があることで告白をためらってしまった自分の臆病さを強く悔《く》やんだ。たとえ短い間だったにせよ、亜希と恋仲になれなかったことが返す返すも残念だった。

そう思う一方で、プラトニックな関係で終わったことに満足感をも覚えていた。男と女が剝き出しの情念をぶつけ合えば、時には確執《かくしつ》を招くだろう。感情が微妙に擦《す》れ違って、恋情は憎しみや軽蔑に変わるかもしれない。

だが、二人はそこまで踏み込んだ間柄ではなかった。そのせいか、亜希の長所ばかりが記憶に残った。互いの魂が触れ合ったと思える瞬間も度々《たびたび》あった。

仮に亜希と肌を重ねていたら、いつか背を向け合うことになっていたのではないか。これまでの恋愛体験を思い起こすと、そうなったケースが大半だ。男と女が心と体の渇《かわ》きを癒《い》やし合ってこそ、真の恋愛だという一般論を否定する気はない。

しかし、惚れた相手を死ぬまで心に留《とど》めておけるのは精神的な恋愛だけなのではないだろうか。そういう考えも捨てきれなかった。

（もう亜希の姿は見ることができないが、彼女はいまも胸の中に棲《す》んでる。そんな形で亜希を独り占めすることができたんだから、もう悲しむのはよそう）

生方は合掌を解《と》き、故人の母親に向き直った。房江が三つ指をついて、深々と頭を垂《た》れた。

「納骨のときは、必ず何か供物を……」

「そんなお気遣《づか》いはなさらないでください。いま、粗茶を差し上げますね」

「どうぞお構いなく」

生方は手を横に振った。房江が座卓ににじり寄り、手早く日本茶を淹《い》れた。

「森岡真澄さんのことですが、もう結婚されてるんですか？」

「ううん、まだ独身ですよ。彼女、大手旅行代理店の札幌営業所で事務職をやってるの」

房江がそう言い、社名を告げた。

「実家は、この近くにあるんですか?」

「森岡さんが生まれ育ったのは、手稲《ていね》区なの。でも、いまは親許を離れて、西区のワンルーム・マンションで独り暮らしをしてるんですよ」

「そうなんですか」

「女子大生のころ、森岡さんは息子の友樹とつき合ってたの。亜希が東京の音大から帰省すると、彼女、ちょくちょくここに遊びに来てたんですよ」

「そんなことで、息子さんと恋仲になったんですね?」

「ええ、そうなの。二人は社会人になっても交際してたから、いずれは結婚すると思ってたんですよ。わたしたち夫婦も亜希も、そうなることを望んでたの。でもね、二人は別れてしまったんです」

「何があったんです?」

「森岡さんは社会人になった翌年に全道民オンブズマンのメンバーになって、友樹にも入会を強く勧めたらしいの。でも、新聞記者の息子は中立の立場でいたいからって、どんな団体にも属したがらなかったんです。そんなことで、二人はよく口喧嘩をするようになって……」

「森岡真澄さんは、全道民オンブズマンの運動に熱心だったんですか？」

「割に熱心だったみたいですね。会社の残業がある日でも、事務局には必ず顔を出してたようですから」

「北海道タイムス本社のエントランス・ロビーと全道民オンブズマンの事務局に手榴弾が投げ込まれた事件はご存じですよね？」

「ええ、もちろん。犯人はホームレスの男みたいだけど、その男の背後には北海道警の幹部がいるんじゃないかと主人と話し合ってたんですよ。犯行目的が〝道警のその後〟の追跡取材を中止させることだって、すぐにわかるじゃないですか。見え見えよ」

「そうも受け取れますが、魂胆《こんたん》が透《す》けすぎでしょ？」

「まあ、そうね」

「わたしは、何者かが道警が後ろで糸を引いてると思わせるための偽装工作だったのではないかと考えてるんですよ」

　生方は言った。

「そうなのかしらね。わたしも主人も、道警がまた裏金づくりをしてることを表沙汰にしたくなくて、追跡取材中の友樹を巧妙に犯罪者に仕立てたのではないかと思ってたんですよ。そして、もしかしたら、亜希も同じ敵に殺されたのではないかとね」

「どうして、そう思われたんです？」

「息子が追跡取材の内容を妹に詳しく喋ったとは思えませんけど、道警が懲《こ》りずに裏金を不正に捻出してるぐらいのことは話したかもしれないでしょ？　そうじゃなかったとしても、後ろ暗いことをしてる人たちは疑心暗鬼に陥るものです」

「ええ、そうですね」

「生方さん、道警の幹部の中に怪しい人物はいなかったんですか？」

房江が問いかけてきた。

生方は少し迷ってから、道警本部の庄司刑事部長が北誠会勝沼組の組長としばしば会っていることを伝えた。密漁ビジネスの儲けの上前をはねている疑いがあることは伏せた。まだ確証を握っているわけではなかったからだ。

「道警は手入れの情報をこっそり暴力団に流して、お金をせびってるのかしら？　それで裏金をプールしてるんだったら、道民を二度も裏切ったことになるわ」

「そうですね。警察社会が腐敗してることは認めざるを得ませんが、そこまで堕落したとは思いたくないですね。わたしも現職警察官のひとりですんで」

「あら、ごめんなさい。あなたは立派な刑事さんだと思うわ」

「わたしは落ちこぼれのはぐれ者です。それでも、まだ刑事魂《デカだましい》は失ってません。身内であっても、犯罪者は追いつめますよ」

「頼もしいわ」

「話を元に戻すようですが、どうも森岡真澄さんの動きが気になるんですよ。彼女の自宅と勤め先の所在地を教えてもらえます？」

「いま、調べてきます」

亜希の母が立ち上がって、和室から出ていった。

生方は緑茶で喉《のど》を潤《うるお》した。振り向いて、遺影を凝視《ぎょうし》する。すると、故人の声が聞こえた気がした。むろん、空耳だ。

前に向き直ったとき、房江が戻ってきた。紙切れを手にしていた。

「これにメモしてあります」

「ありがとうございます」

生方はメモを受け取った。森岡真澄の勤め先は南一条西三丁目にあった。

「森岡さんの勤め先は、有名な『味の三平』の並びにあるの。時計台通よ」

「行けば、わかると思います。では、納骨のときにまた……」

「わざわざ申し訳ありませんでしたね。娘の魂もこの部屋のどこかに漂ってて、きっと生方さんに感謝してると思います」

房江が言って、生方を玄関先まで見送ってくれた。

生方は表通りまで歩き、タクシーを拾った。森岡真澄の職場を訪ねたが、あいにく休みを取っているという。

(いったんホテルに戻って、亜希の親友の自宅マンションに行ってみよう)

生方は大股で投宿先まで歩いた。一階ロビーに入ったとき、及川弁護士から電話がかかってきた。

「生方さん、意外な展開になりました」

「何があったんです?」

「いま、テレビ・ニュースで知ったんですが、広瀬忠典と川路奈々が小樽の天狗山《てんぐやま》の山中で心中しました。広瀬のベンツの中で煉炭《れんたん》を燃やしてね。死因は一酸化炭素中毒のようです。二人の連名の遺書があったそうですが、それは手書きではなかったというんです」

「パソコンで打たれた遺書だったんですね?」

「そう報じられてたんですが、おかしな点があるんですよ。車内の隙間には一応、粘着テープで目張りされてたようなんですがね、助手席側のドア・フレームの隙間は何も張られていなかったらしいんです」

「それだったら、おそらく心中を装った他殺でしょう。広瀬と奈々は勝沼組長の指示で始末されたんだと思います」

「実は、わたしもその疑いがあると直感したんですよ」

「多分、『旭洋水産』の寺久保社長が地元署に出頭して、広瀬経由でロシア領海で密漁された魚や蟹を『勝沼水産』に渡したことを自白したんでしょうね。勝沼組は非合法ビジネスのことを空とぼける必要があるんで、パイプ役だった広瀬を組員の誰かに殺《や》らせたんでしょう。奈々まで葬《ほうむ》られたのは、彼女が彼氏の広瀬に命じられて、高見沢友樹さんをレイプ犯に仕立てたからだと思います」

生方は自分の推測を語った。

「多分、そうなんでしょうね。まだ広瀬たちの遺体は所轄署の霊安室にあるでしょう。生方さん、小樽署で検視をしてもらえませんか。刑事のあなたなら、亡骸《なきがら》と対面できるでしょうから」

「拒絶されるかもしれませんが、とにかく小樽に行ってみますよ」

「お願いします」

及川弁護士が電話を切った。生方は折り畳んだ携帯電話をムートン・コートのポケットに戻し、地下駐車場に駆け降りた。

レンタカーに乗り込み、ホテルの外に出る。札幌北ＩＣ《インターチエンジ》から、札樽《さつそん》自動車道に入った。札幌から小樽までは約四十キロある。

小樽に着いたのは、およそ三十分後だった。

生方は市街地に入ると、小樽署に直行した。署に着いたとき、彼は中野の警察学校で警部研修を一緒に受けた男が所轄署の刑事課に勤務していることを思い出した。確か石丸《いしまる》宏《ひろし》という名で、四十二歳だった。

生方は署内の受付で、石丸に面会を求めた、少し待つと、二階から石丸警部が降りてきた。小太りで、上背もある。

「やあ、おたくだったか。生方という名に聞き覚えがあると思ってたんだが……」

「久しぶりです。研修のときはお世話になりました」

「こちらこそ。小樽には公務で来られたのかな？」

「ええ、まあ。きょう、管内で札幌在住の広瀬という男と愛人の川路奈々が天狗山の山中の車の中で煉炭心中したでしょ？」

「ああ、中腹のあたりでね。明け方にベンツの中で煉炭を焚《た》いて、午前九時前後に中毒死したんだ。二人の連名の遺書には、『この世は生きづらいから、天国でリセットすることにしました。先立つ不幸を赦《ゆる》してください』とパソコンで打たれてて、その横に二人の名が並んでた」

「広瀬は北誠会勝沼組の組員で、密漁ビジネスに関与してたんですよ。愛人の奈々も、北海道タイムスの社会部記者を強姦魔に仕立てた疑いがあるんです」

「それじゃ、二人は心中に見せかけて殺されたかもしれないんだ？」

「その疑いは濃いですね。石丸さん、二人の死体をちょっと拝《おが》ませてくれませんか」

「課長に相談してみないと……」

「おれたちは研修仲間だったじゃないですか。二人が殺されたんなら、石丸さん、手柄を立てられるチャンスですよ。返礼に情報《ネタ》をそっくり流します」

「そういうことなら、おたくに協力しよう」

「よろしく！」

　生方は軽く頭を下げた。

　石丸が無言で顎《あご》をしゃくった。生方は石丸に従って、地下一階の奥にある霊安室に足を踏み入れた。ひんやりとした。

　二台のストレッチャーが横に並べられ、遺体は白い布ですっぽりとくるまれていた。近くに香炉台が置かれているが、線香は手向けられていなかった。

「死体には触《ふ》れないでくれよな」

　石丸が言って、二枚の白布を足許まで引き下げた。どちらも衣服はまとっていなかった。行政解剖に回すかどうか、まだ最終的な結論が出ていないのだろう。

生方は二つの遺体を仔細《しさい》に観察しはじめた。

広瀬にも奈々にも、外傷はまったく見られない。死顔も穏《おだ》やかだ。

だが、どちらも口許がふやけて白っぽい。唇の皮もところどころ剝《は》げかけていた。濃度の高い麻酔液を含んだ布を長いこと押し当てられた場合、そうなることがある。

広瀬と奈々は何者かに麻酔薬を嗅《か》がされ、昏睡状態に陥ってから、一酸化炭素の充満する車内に入れられたにちがいない。

「どうだい？」

石丸が声をかけてきた。

「心中じゃありませんね。他殺ですよ」

「そう断定する根拠は？」

「死者の口許をよく見てください」

生方は白い布で故人の首まで覆《おお》ってから、説明に取りかかった。

4

間もなく正午になる。

生方はレンタカーを路肩《ろかた》に寄せ、車内から東日本ツーリスト札幌営業所に目を向けていた。森岡真澄の職場だ。

営業所はテナント・ビルの一階にある。嵌《は》め殺しのガラス窓から接客カウンターが見えるが、奥の事務フロアの前には衝立《ついたて》があった。

真澄の働く姿は見えない。だが、彼女が出勤していることは確認済みだ。

(営業所内に食堂はなさそうだから、そのうち真澄は外に昼食を摂《と》りに出るだろう)

生方はキャビンに火を点けた。きのう、小樽から戻ったのは深夜だった。小樽署の石丸刑事に強く誘われ、堺町の海鮮惣菜《そうざい》の店で酒を酌《く》み交わしたのである。

肴《さかな》の小樽揚げは軽い食感で、魚のすり身に豆乳パウダーが練り込まれていた。蒲鉾《かまぼこ》よりもソフトだった。はんぺんよりも歯応《ごた》えがあった。海老糝薯《しんじょ》も、和のテイストが活《い》かされていた。小樽しらゆき餃子の皮は、こんがりと焼き上がっていた。

煙草を喫《す》い終えたとき、助手席に置いたムートン・コートのポケットの中で携帯電話が鳴った。生方は携帯電話を取り出し、右耳に当てた。

「少し前に司法解剖が終わったんだ」

小樽署の石丸警部だった。

「やっぱり、他殺だったんですね？」

「そう、そうなんだ。広瀬と川路奈々の鼻腔《びこう》と口腔《こうくう》から、微量のエーテル液が検出されたんだよ。それからね、二人の外耳の裏側に小さな火傷《やけど》の痕があった。高圧電流銃《スタンガン》の電極を押し当てられてから、広瀬たちはエーテル液を染《し》み込ませた布で口許を塞《ふさ》がれたんだろう」

「そうなんでしょうね。それから二人は、酸欠状態になってるベンツの運転席と助手席に坐らせられて殺されたんでしょう」

「そいつは間違いないよ。おたくのおかげで、うちの署は捜査ミスをしなくて済んだ。ありがとう。それからね、事件性があるんで部下たちに地取り捜査をやらせたんだ」

「何か手がかりを得たんですね？」

「そうなんだ。きのうの午前五時ごろ、天狗山の林道に札幌ナンバーのワンボックス・カーが駐《と》められてるのを目撃した地元の者がいたんだよ。それもひとりじゃなく、二人もね。ワンボックス・カーには誰も乗ってなかったらしいんだけど、広瀬のベンツの近くに駐車されてたそうなんだ。ワンボックス・カーに乗ってた複数の人間が広瀬たち二人を心中に見せかけて殺したにちがいないね。いま、事件現場で遺留品を採取中なんだよ」

「石丸さん、お手柄じゃないですか」

「おたくのおかげだよ。甘えついでにさ、広瀬がタッチしてた密漁ビジネスのことをもっと詳しく教えてくれないか」

「きのう、喋ったことしか知らないんですよ」

「おたくは、もっと何か知ってると睨んだんだがね」

「手の内は全部、見せましたよ。後は、ご自分で捜査してください。それじゃ、お元気で！」

生方は電話を切った。

携帯電話をムートン・コートのポケットに戻した直後、森岡真澄が表に出てきた。食事に行くのだろう。生方はコートを摑み、アリオンを降りた。真澄は時計台通に向かって歩いている。

生方はムートン・コートを羽織り、変装用の黒縁眼鏡《くろぶちめがね》をかけた。レンズに度は入っていない。

生方は前髪を額一杯に垂らし、真澄を尾行しはじめた。

真澄は時計台通を右に折れ、南三条西二丁目にある中規模ホテルの中に入っていった。生方は急ぎ足で、ホテルの表玄関を潜《くぐ》った。

真澄は、ロビーに面したティー・ルームに入った。

生方は少し間《ま》を取ってから、ティー・ルームに足を踏み入れた。真澄は奥の席で勝沼組の組長と向かい合っていた。彼女の表情は硬い。どうやら勝沼に呼び出されたらしい。

生方は店内を見回した。

真澄の真後ろのテーブルが空いていた。生方は大きく回り込んで、真澄と背中合わせに坐った。ウェイトレスにブレンド・コーヒーを頼み、耳に神経を集める。

「このままだと、高見沢友樹は釈放されることになってしまうかもしれない。それじゃ、こっちが困るんだ」

勝沼の声は呟《つぶや》きに近い。それほどの小声だった。

「今度は何をやれとおっしゃるんです?」

「あんたは、高見沢が川路奈々の自宅マンションに強引に押し入るのを見た。札幌中央署で、そう証言してほしいんだよ」

「そんなことはできません。わたしの偽証で、友樹さんを有罪にさせるなんてことは……」

「いまも、奴に惚《ほ》れてるようだな」

「ええ、そうです。友樹さんは別の女性と結婚したわけですけど、彼が嫌いになって別れたんじゃないんです。妙な意地を張ってしまったことがしこりになってしまって……」

「新聞記者は全道民オンブズマンにはどうしても入りたがらなかった。あんたは、そのことが不満だったわけだ。自分に対する気持ちも冷めてしまったと感じたのかもしれないな」

「そんなことよりも、わたしをいい加減に解放してください。わたしは不本意ながら、スパイめいたことをやらされたんです」

「あんたが新聞社と市民運動グループの動きを探ってくれたことには感謝してるよ」

「やっぱり、道警は組織ぐるみで裏金を捻出《ねんしゅつ》してたんですね。そのことを北海道タイムスや全道民オンブズマンに知られることを恐れて、北誠会に……」

「固有名詞は口にするな！」

「す、すみません」

「こちらの要求を拒んだら、例の映像をネットに流すことになるよ。それでも、いいのかい？」

「卑怯者《ひきょうもの》！」

「おっ、開き直ったな。それじゃ、あの画像を一般公開するか」

「やめて！　それだけはやめてください」

「なら、こっちの言った通りに証言してくれるな？」

「少し時間をください」

「甘ったれるな。仕事が終わったら、札幌中央署に行くんだ。わかったなっ」

「わたしが何をしたと言うんです！　あなたたちに何か迷惑をかけたわけじゃないでしょうが」

真澄が怒りを露《あらわ》にした。そのとき、ウェイトレスが生方のテーブルにブレンド・コーヒーを運んできた。

勝沼たちの会話が途切《とぎ》れた。ウェイトレスが下がると、勝沼が先に沈黙を破った。

「あんたは運が悪かったんだよ。例の記者の彼女だったし、市民運動にも熱心だった。だから、ちょいと協力してもらったんだ。もっと協力してくれたら、謝礼を払ってもいい」

「お金なんか欲しくありません。ビデオのマスター・テープを渡して、わたしを自由にしてください」

「頼んだことをちゃんとやってくれたら、そっちの望む通りにしてやるよ」

「ほんとなんですね？」

真澄が勝沼に確かめた。

「ああ、もちろんさ。あんたにとことんつきまとう気なんかないんだ。高見沢が勤めてる会社と市民団体が追跡キャンペーンを諦《あきら》めてくれたら、自由にしてやる」

「ということは、やはり道警はいまも不正な行為をしてるんですね？」

「余計なことは考えないほうがいいな」

勝沼が卓上の伝票を摑み、勢いよく立ち上がった。

真澄はうなだれたようだ。

勝沼がティー・ルームを出ていった。生方は黒縁の眼鏡を外し、前髪を搔《か》き上げた。静かに立ち上がり、さきほどまで勝沼が坐っていたシートに腰かける。

「あ、あなたは⁉」

真澄が驚きの声を洩らした。

「名乗る必要はないだろうが、新宿署の生方だ。きみは勝沼に脅されて、北海道タイムス社会部と全道民オンブズマンの動きを奴に報告してたんだね？　そして、高見沢記者の事件のことを洗ってたおれのことも探れと命じられたんだよな？」

「はい、そうです。わたし、あの男に逆《さか》らえなかったんです」

「勝沼にどんな弱みを握られたんだ？」

「恥ずかしいことなので、とても言えません」

「だいたいの察しはつくよ。きみは暴力団関係者に拉致《らち》されて、輪姦されたんじゃないのか？　そのときのシーンをビデオで撮《と》られてしまった。そうなんだね？」

「レイプはされていません。先月の上旬のある夜、帰宅途中に柄の悪い二人組に無理やりにワゴン車に乗せられ、石狩山のロッジに監禁されてしまったんです。わたしは裸にされて、ベッドの支柱に手足を括《くく》りつけられたんです。男のひとりがビデオ・カメラで……」

「それ以上のことは話さなくてもいいんだ」

生方は言葉に労《いたわ》りを込めた。

「は、はい。道警はまだ懲《こ》りないで、裏金を捻出してるんだと思います。新聞社や市民運動グループが告発の動きを見せたんで、警察は暴力団を使って、追跡取材を阻止させることを企《たくら》んでるようです。それだから、社会部記者の友樹さんを婦女暴行犯に仕立てて、北海道タイムスに裏取引を持ちかける気だったんだと思います」

「おれも、そう読んでたんだ」

「あなたのことは、亜希から聞いてました。彼女、ピアノ演奏家として一人前になったら、自分から求愛する気だったんですよ」

「それは知らなかったな」

「亜希はシャイな面がありましたから、生方さんの前では胸の熱い想いを覚《さと》られないようにしてたんでしょうね。でも、彼女は生方さんのことを一途《いちず》に慕《した》ってました」

「こっちも口に出したことは一遍《いっぺん》もなかったが、彼女のことは特別な異性と思ってたんだ」

「相思相愛の二人が結ばれなかったのは、わたしのせいかもしれません」

真澄が整った顔を翳《かげ》らせた。

「どういうことなのかな？」

「わたし、勝沼に友樹さんと亜希がとっても仲のいい兄妹《きょうだい》だということを不用意に喋っちゃったんです。だから、勝沼は友樹さんが妹に追跡取材の内容を詳しく話してるかもしれないと不安になったんじゃないのかしら？　そして、亜希が自分らに都合の悪い証言をしないよう誰かに彼女の身を穢《けが》させようと計画を練った。でも、亜希が命懸《が》けで抵抗したんで、そいつは彼女を絞殺してしまったんじゃないんですか？」

「そうなのかもしれない。生前、亜希ちゃんは兄貴から何か預かってると言ってなかったかな？　たとえば、デジカメのメモリースティックとかＩＣレコーダーとかを」

「そういう話は聞いてません。わたしが余計なことを喋ったから、亜希は殺されることになったんでしょう。わたしが彼女を間接的に殺したようなものです。どうすれば、償《つぐな》えるんでしょうか。生方さん、教えてください」

「そんなふうに自分を責めないほうがいいな」

「だけど、わたしが不用意だったから……」

「亜希ちゃんは運が悪かったのさ。別に、きみが悪いわけじゃない。勝沼は最初っから亜希ちゃんを辱《はずか》しめるつもりだったのかもしれない。しかし、実行犯は事がうまく運ばないんで、思わず絞殺してしまったんだろう」

生方は言った。

「そう思いたいけど、わたしのせいだという気がして、頭がおかしくなりそうなんです」

「話題を変えよう。きみは、押尾和博という男のことを知らないか？」

「知りません。初めて聞く名です」

「そう。そいつが亜希ちゃん殺しに深く関わってることは間違いないんだが、事件当日は遠く離れた九州にいたと供述してるんだよ」

「アリバイがあるんですか」

「一応ね。しかし、二人一役のトリックでアリバイ工作をした疑いが濃いんだ。その押尾がおれを亜希ちゃん殺しの犯人に仕立てようとしたんで、新宿署の刑事課の連中に重要参考人と目《もく》されてるんだよ」

「あなたは何かで押尾という男に逆恨《さかうら》みされてるんですか？」

真澄が訊いた。生方は二年数ヵ月前の女子大生殺害事件のことを話した。

「その事件で犯人扱いされたことで、押尾は生方さんに恨みを持ってたんですね？」

「そうなんだろう。だから、押尾はおれを陥れようとしたんだろう」

「しかし、もう二年以上も経ってるわけですよね。なんで押尾という男は、もっと早い時期にあなたに仕返しする気にならなかったんでしょう？　それがわからないわ」

「押尾はおれに対する憎しみをずっと懐《いだ》いてたんだろうが、罠に嵌《は》めるチャンスがなかなかなかったんだろうな。しかし、おれが歌舞伎町のピアノ・バーに足繁く通ってることを偶然に知って、犯罪者に仕立てる気になったんだろう。高見沢記者の事件と亜希ちゃんの事件はどこかでつながってるはずだ」

「押尾は北海道出身で、勝沼組の準構成員だったんじゃないのかしら？」

「いや、押尾和博は東京で生まれ育ったんだ。二年数ヵ月前に鉄道自殺した母親の翠は有名な美容研究家だったんだよ」

「その彼は、あの押尾翠の息子だったんですか。押尾翠の倅が暴力団の準構成員とは考えにくいですね？」

「そうだな。しかし、押尾の縁者か知人が北海道にいるのかもしれない。その人物のために押尾は共犯者と亜希ちゃんの部屋に押し入ったんじゃないのかな？　そして、共犯者に部屋の主をレイプさせようとした。しかし、騒がれたんで、どちらかがタイラップで亜希ちゃんの首を絞めた。おれは、そう推測してるんだよ」

「そうですか。わたし、札幌中央署に行って、勝沼に脅迫されて、スパイめいたことをしてた事実を洗いざらい話します。それだけでは亜希に償ったことにはならないでしょうけど、何らかの形で事件解決に役立ちたいんです」

「それは危険だな。道警が暴力団を使って、裏金のことで追跡取材をしてる新聞社を窮地に追い込む気でいるとしたら、きみの証言は握り潰《つぶ》されることになる。下手をしたら、何か濡れ衣を着せられて、刑務所に送り込まれてしまうかもしれない」

「わたし、どうすればいいんでしょう？」

「勝沼の命令を無視して、今夜から一週間ぐらい身を隠したほうがいいな。もちろん、実家や友人宅に寄りついちゃ駄目だよ。おれは、その間に勝沼たちの悪事を暴《あば》く。七、八日の休暇は取れそうかい？」

「なんとか上司の許可が貰えると思います」

「それじゃ、そうしたほうがいいね」

「わかりました」

真澄がうなずいた。

「ミックス・サンドでもどう？　昼飯、まだ喰ってないんだろ？　奢《おご》るよ」

「せっかくですけど、勝沼と喋ってるうちに食欲がなくなっちゃったんです。このまま、職場に戻ります」

「そう。何か困ったことがあったら、連絡してほしいな」

生方は自分の携帯電話番号を真澄に教えて、腰を浮かせた。真澄が礼を言い、ティー・ルームから出ていった。

生方は自分のテーブルに戻り、ブレンド・コーヒーをブラックで啜《すす》った。生ぬるくなっていた。だが、味は悪くなかった。

キャビンを一本喫《す》ってから、ティー・ルームを出た。ホテルを後《あと》にして、レンタカーを駐めた場所に戻る。

（別の車種に借り替えて、勝沼を徹底的にマークしよう）

生方はアリオンに乗り込み、札幌駅方面に向かった。

レンタカーの営業所は、駅の近くにある。五分弱で、目的の場所に到着した。

生方はアリオンを広い駐車場に入れ、奥の事務所に足を向けた。すると、事務所から二人の男が飛び出してきた。

新宿署刑事課の所と武田だった。生方は等分《とうぶん》に二人を睨《ね》めつけた。

所警部補が歪《いびつ》な笑みを浮かべながら、つかつかと歩み寄ってきた。

「わたしの勘は正しかったな。あなたがレンタカーで非公式の捜査をしてるだろうと読んだんですよ」

「何しに来たんだ？」

「あなたを迎えにきたんですよ。いくら親類のドクターだからって、いんちきな診断書を作らせちゃいけません」

「別件で、ひとまずおれの身柄を確保する気だな。令状《オフダ》を見せてくれ」

生方は言った。

「同じ職場にいる刑事を別件で逮捕《パク》ったりしませんよ。単なる任意同行です」

「偽の病名を親類の医者に書かせたことは事実だ。それは素直に認めよう。軽い罪だが、法律には触れてる。書類送検でも何でもしてくれ。ただし、ドクターはお咎《とが》めなしにしてもらいたい」

「その件じゃないんですよ」

武田刑事が前に進み出てきた。

「違うって？」

「ええ。押尾和博がね、あなたに高見沢亜希殺しで疑われて、小突き回されたと訴えてきたんですよ」

「奴の言葉を真《ま》に受けたのか⁉　おれは、そんなことはやってない」

「言い分が喰い違ってますが、その件で東京でじっくり話を聞かせてほしいんですよ」

「同行に応じないと言ったら？」

「あなたがわたしを突き飛ばしたことにして、とりあえず公務執行妨害罪で手錠《ワッパ》を打たせてもらいます」

「汚い手を考えるもんだ」

「武田、ぶっ倒れろよ。おまえは、生方警部に力まかせに突き飛ばされたんだから。おれが証人になってやる」

所刑事が相棒に言って、にたにたと笑った。

「あんたたち、後悔することになるぞ」

「生方警部、どうされます？」

「東京に戻ってやるよ。少し待っててくれ」

生方は所警部補に言って、事務所内に駆け込んだ。レンタカーの鍵を返し、料金を支払う。所たちが出入口で待ち受けていた。

生方たち三人は、すぐに新千歳空港に向かった。ターミナル・ビルで武田刑事が搭乗手続きをしているとき、生方は背中に刺すような他人の視線を感じた。

後方の観葉植物の葉の向こうに、見覚えのある男が立っていた。一瞬、わが目を疑った。あろうことか、押尾和博だった。

目が合うと、押尾はVサインを高く掲《かか》げた。

「おまえ！」

生方は所刑事の腕を振り払って、すぐさま床を蹴った。

押尾がにっと笑い、身を翻《ひるがえ》した。そのまま居合わせた男女を押し倒しながら、あっという間に逃げ去った。

「あんた、逃げる気だなっ」

武田が叫びながら、背後から組みついてきた。

生方は大腰《おおごし》で武田刑事を床に投げ飛ばし、駆けてくる所警部補を見据《す》えた。所が立ち止まった。

「ほんとうに公務執行妨害になっちゃいましたね」

「だから、何なんだっ」

生方は吼《ほ》えた。所刑事が気圧《けお》されたらしく、すぐに目を伏せた。

第五章　複雑な連鎖

1

空気は険悪だった。

新宿署刑事課の一隅にある会議室だ。生方は長方形のテーブルを間にして、刑事課の米山課長、所警部補、武田刑事と対峙《たいじ》していた。

羽田空港からタクシーに押し込まれ、職場に連れ込まれたのである。午後五時過ぎだった。

「新千歳空港で、うちの武田を投げ飛ばしたのはまずかったね」

米山課長が言った。

「いきなり組みつかれたんで、反射的に体が反応したんですよ。こっちは押尾を追うだけで逃げる気なんかなかったのに、武田にそう思われたんで、少しむっとしたことも確かです」

「だからって、武田をターミナル・ビルの床に叩きつけることはなかったじゃないか。その気になれば、公務執行妨害罪も適用されるんだ」

「好きにしてください」

生方は挑《いど》むような気持ちで言った。

「そのことはともかく、そっちは親類の医者に偽の診断書を貰って休暇を取って、一種の越権捜査をした。殺人事件の捜査は刑事課の仕事だ。以前は本庁捜一のエースだったのかもしれないが、いまは所轄の風俗刑事《デカ》なんだぞ。売春婦やストリッパーの取締りがおまえに与えられた公務じゃないか」

「こっちは高見沢亜希殺しの嫌疑をかけられてるんです。じっとなんかしてられないでしょうが！」

「自分の手で真犯人を突きとめたくなったんだろうが、刑事課の立場はどうなる？　捜査本部には桜田門から捜一の人間が二十人ほど出張《でば》ってきてるんだ。本社の捜査員だって、面目丸潰《まるつぶ》れじゃないか」

「米山さんは他人事《ひとごと》だから、そんなことが言えるんだっ。自分が職場の人間に人殺しと疑われたら、のんびりと構えてられないでしょうが！」

「そうかもしれないが、刑事課の領域を侵すようなことは慎《つつし》むべきだな」

「ぼんくら連中に殺人者にされたらたまらないんで、おれは自分で無実であることを証明したかったんですよっ」

「生方警部！」

所刑事が声を荒らげた。

「ぼんくらと言われたんで、腹を立てたのか？」

「当たり前でしょ？　われわれを無能扱いするなんて、侮辱も侮辱だ」

「ぶん殴ってやりたいよ、あんたをね」

武田が所に同調した。

「どいつも有能とは言えないだろうが。押尾が二人一役のトリックを使って、事件当日のアリバイづくりをしたことは疑いの余地がないのに、奴を泳がせてる」

「確かに押尾和博は福岡のビジネス・ホテルにチェック・インしたとき、自分で宿泊者カードに記入してない。けど、彼は右手の親指を傷《いた》めてたんです。フロントマンに代筆してもらっても、別段、おかしくはないでしょ？」

所刑事が言った。

「奴が親指を突き指してることを確認したのか？」

「裏付《ウラ》けは取りませんでしたが、羽田と福岡空港の防犯ビデオで押尾が飛行機で九州に行ったことは間違いないんです」

「押尾はキャップを目深《まぶか》に被ってたんだ。それで、当の本人と確認できるとは思えないな。顔の造りや背恰好のよく似た奴を替え玉にすれば……」

「二人一役のトリックのことは知ってますが、ちょっとリアリティがないでしょ？　推理小説やテレビのサスペンス・ドラマには使われてるみたいですがね。生方警部は二年数ヵ月前に渋谷署管内で発生した女子大生殺人事件の真犯人《ホンボシ》が押尾と睨み、彼を別件で逮捕された。ですが、本件ではシロだった」

「何が言いたいんだ？」

「もう少し聞いてくださいよ。あなたが本社の捜一で活躍されてるという噂は、わたしの耳にも入ってました。四十代の半《なか》ばには、捜一の課長に昇進するだろうという声も周《まわ》りで囁《ささや》かれてました」

「そんなことはどうでもいい！　言いたいことがあるんだったら、早く言ってくれ」

「わかりました。あなたは勇み足を踏んだことになって、新宿署に異動になった。刑事課ではなく、生安課の風紀係長のポストに就《つ》かされた。本庁《ホンブ》の捜一のエース刑事だった生方警部には屈辱的な人事異動だったはずです。もちろん風俗関係の捜査も大切ですが、殺人や傷害といった凶悪犯罪に当たるほうが華《はな》やかですし、はっきり言って、格が上です。失礼ながら、あなたは左遷《させん》させられたわけです。そんなことで、押尾を逆恨《さかうら》みしてるのではないのかな？」

「桜田門にいたかったことは確かだが、所轄署勤務になったからって、押尾を逆恨みしたことなんかない。あいつはどこか信用できないとは思ってるがね」

「そういう私情を持ってるから、警部は押尾を美人ピアノ演奏家殺しに関わりがあると思い込みたいんじゃないですか？」

「そうじゃない。事件当日、おれは被害者の部屋で押尾に襲われて、奴に後ろ手錠を掛けられてるんだ」

「警部の供述は狂言だった疑いも消えないんですよ。被害者の爪の間に付着してた人間の表皮の主《こと》は、血液型がＡ型と判明してるんです。警部は同じＡ型です。しかし、押尾は血液型が異なります」

「だから？」

「押尾が被害者をレイプし損《そこ》なって、タイラップで絞殺したとは考えにくいわけです」

「表皮のＤＮＡ鑑定を受けてもいいよ。いや、ぜひ検《しら》べてくれ。そうすれば、被害者の爪の間から採取された表皮がおれのものじゃないことがはっきりするだろうからな。たまたま血液型は同じだっただけさ」

「生方警部の読み筋を参考までに聞かせてもらいましょうか」

「いいだろう。動機はわからないが、押尾は共犯者と高見沢亜希の部屋に押し入り、彼女を辱《はずかし》めるようけしかけた。共犯者は被害者を押し倒したが、激しく抵抗された。それで押尾たちは焦《あせ》った。二人のうちのどちらかがタイラップで被害者を絞殺したんだろう。押尾は共犯者を先に逃がし、自分はカーテンの後ろに隠れた。おれが間もなく被害者宅を訪れることを事前に知ってたにちがいない。押尾は女子大生殺しの事件で被疑者扱いされたことで恨みを感じてたんで、おれを人殺しに仕立てたかったんだろうな」

「しかし、押尾にはアリバイがあるんです。それから、あなたの上着のポケットには被害者の部屋の合鍵が入ってた。そのキーには、生方警部の指掌紋《ししようもん》しか付着してなかった。凶器のタイラップと同じようにね。合鍵のことは、どう説明されます？」

「押尾が犯行前に被害者の部屋の鍵穴にゴム粘土を押し込んで型《かた》を取って、自分で合鍵を作ったんだろう。そのキーで共犯者と一緒に被害者宅に侵入したにちがいない。そして、高見沢亜希が死んだ後《あと》、押尾はこっちを犯人に仕立てるための小細工をして、意識を失ってるおれの上着のポケットに部屋のキーを突っ込んで、急いで逃げたんだろう」

「ストーリーにはなってるが、すんなりとは信じられないな」

米山課長が口を挟んだ。

「何か決め手がありそうな口ぶりですね」

「有力な証言があるんだよ。おまえがよく通ってるピアノ・バー『ソナタ』に絵里香《えりか》という源氏名《げんじな》のホステスがいるね？」

「絵里香なら、よく知ってますよ。ミュージカル女優の卵で、陽気な娘《こ》です。二十二だったかな」

「その彼女がね、おまえが高見沢亜希にしつこく言い寄って、こっそり被害者宅まで尾《つ》けたりしてたと証言してるんだ」

「でたらめだ。そんなことはしてませんよ、おれは。絵里香は嘘の証言をしてるんだ、誰かに頼まれてね」

「押尾が絵里香に偽証させたと言いたいのかね？」

「その疑いはあると思います」

「生方、もう観念しろよ。おまえが高見沢亜希を殺《や》ったんだろう？」

「冗談じゃない。早くおれのDNAを検べろ！」

生方は息巻《いきま》いて、拳《こぶし》でテーブルを強く叩いた。

米山課長がたじろいだ。かたわらに坐った所と武田も怯《ひる》んだ様子だった。

「おれを犯人扱いするんだったら、裁判所から逮捕令状を取ってくれ」

生方は米山に怒鳴《どな》った。米山課長が何か反論しかけたが、口を噤《つぐ》んだ。

そのとき、会議室のドアがノックされた。

会議室に入ってきたのは、生活安全課の箱崎課長だった。課長は目顔《めがお》で生方をなだめ、米山に顔を向けた。

「うちの生方は引き取らせてもらいますよ」

「箱崎課長、ちょっと待ってくれ。まだ事情聴取は終わってないんだ」

「生方を引き取ることは署長命令なんです」

「あんた、署長に泣きついたのか⁉」

「泣きついたわけじゃありませんよ。捜査本部に出向いてる本庁《ホンブ》の捜査員たちも米山さんたちが見込み捜査をしてる様子だと言ってたんで、そのことを署長に報告しただけです」

「あんた、おれの後釜《あとがま》を狙ってるんじゃないのかっ」

「無礼なことを言うな！」

「なんだと⁉ 生安課長の分際《ぶんざい》で、殺人事件の捜査に口を挟むつもりなのか！ キャリアだからって、思い上がるなっ」

米山が喚《わめ》いた。

「思い上がってるのは、そっちでしょうが」

生方は米山課長を面罵《めんば》して、椅子から立ち上がった。

「きさま、誰に口をきいてるんだっ。おれは刑事課長だぞ。風俗刑事《デカ》が偉そうなことを言いやがって」

「風俗捜査係を軽視するような奴には課長をやる資格はないな」

「おれに向かって、奴と言ったな。赦《ゆる》さん！」

「殴り合ってもいいよ、こっちは」

「はぐれ者のくせに、でかい顔しやがって」

「外に出ようか」

生方は挑発した。米山課長が目を逸《そ》らした。

「文句があるんでしたら、署長に直《じか》に言ってくださいよ」

箱崎が米山に怒気を含んだ声を投げつけ、生方の片腕を摑んだ。二人は会議室を出て、廊下に足を向けた。

刑事課のフロアを出ると、生方は頭を下げた。

「課長、ご心配をかけました」

「わたしは、きみの潔白を信じてる。刑事課の連中が暴走しそうだったんで、歯止めをかける必要があると判断したんだよ」

「そうですか。ご配慮に感謝します」

「水臭いことを言うなよ。それよりも、北海道で何か収穫があったのかね？」

箱崎が問いかけてきた。生方は経過を伝えた。

「北海道タイムスの記者のレイプ事件と高見沢亜希殺しは、生方君が言ったようにリンクしてそうだね？」

「間違いありませんよ」

「非公式ながら、事件の捜査を続行してくれ。もちろん、捜査本部の刑事たちを刺激するのは避けてほしいがね」

「その点は心得てます」

「だろうね」

二人は生活安全課の刑事部屋に向かった。

入室すると、部下の長谷部と三井が駆け寄ってきた。山下、志村、井上はエスコート・クラブの内偵捜査に出かけているという。生方は長谷部たち二人に急に休暇を取ったことを詫《わ》び、北海道での出来事をかいつまんで話した。

「DNAも検《しら》べないで、係長を被疑者扱いするなんて、めちゃくちゃな話だな。悪質な厭がらせですね。係長の疑いが消えるまで、おれたちも何かお手伝いしますよ。なんでも申しつけてください」

長谷部が言った。すぐに三井が同調した。

「おまえらの気持ちは嬉しいが、与えられた公務に励んでくれ。おれは自力で何とか身の潔白を証明してみせる」

生方は部下たちの肩を軽く叩き、少年一係のコーナーに歩を運んだ。進藤係長が片手を挙げた。生方は進藤の席に歩み寄った。

「刑事課の所と武田が札幌で、きみに任意同行を求めたんだって？」

「ええ」

「とんちんかんな奴らだ。所刑事は本庁捜一にいた生方君に歪《ゆが》んだライバル心を燃やしてるから、物事を冷静に見られなくなってるんだろう」

「そうなんでしょうか。箱崎課長が刑事課の見込み捜査のことを署長に話してくれたんで、おれはリリースされたんですよ」

「そうか。もしよかったら、これから軽く飲《や》らないか？」

「いいですね。飲みましょう、飲みましょう」

生方は二つ返事で応じた。

二人は数分後、新宿署を出た。

新宿駅西口近くまで歩き、馴染《なじ》みの居酒屋に入った。生方たちは奥のテーブル席に落ち着き、どちらも芋焼酎のお湯割りを頼んだ。酒の肴《さかな》も五、六品注文した。

生方は乾杯してから、経過を詳しく喋った。

「北海道タイムスと全道民オンブズマンに手榴弾を投げ込ませたのは、どうも作為《さくい》的な感じがするね。道警を陥れようとしてる意図《いと》が透《す》けて見える感じだ」

進藤が言った。

「そうなんだよな。しかし、北誠会勝沼組の組長が道警のナンバースリーの庄司刑事部長と密かに会ってることは間違いないんですよ。おそらく庄司は、勝沼組が密漁された水産物で儲けたブラック・マネーの上前をはねてるんだろう。庄司個人が汚れた金をせびってるのか、黒幕のダミーを務《つと》めてるにすぎないのかははっきりしないんですが」

「生方君、庄司がミスリードに利用されてるとは考えられないだろうか。つまり、北誠会は道警にカンパを強《し》いられてると見せかけたいんじゃないかってことになるんだがね」

「そうだとしたら、何者かが道警が暴力団から寄附をさせてるように見せかけて、ブラック・マネーを自分の懐に入れてるってことですか？」

「そうだね。むろん、北誠会にもメリットがあるから、謎の人物にカンパをしてるんだろう」

「地検の偉いさんが道警が相変わらず裏金づくりに励んでると見せかけ、北誠会から汚れた金を吸い上げてるんだろうか」

生方は鮪《まぐろ》の中トロを箸《はし》で抓《つま》み上げた。

「考えられなくはないと思うよ。それから、道内に選挙区を持つ国会議員が首謀者という可能性もありそうだな」

「進藤さんの推測が間違ってなかったら、黒幕は道警に罪をなすりつけたくて、高見沢友樹をレイプ犯に仕立て、彼の妹を殺《や》らせ、さらに新聞社と市民運動団体の事務局に手榴弾を投げ込ませたんでしょう。さらに汚れ役を引き受けた広瀬と奈々を心中を装って始末したにちがいない。冷血そのものだな」

「ああ、紳士面した冷血漢なんだろうね。それはそれとして、その首謀者と押尾和博は何らかのつながりがあるんじゃないだろうか。だから、押尾はそっちを殺人犯に仕立てて、溜飲《りゅういん》を下げたかったのかもしれないで。押尾の血縁者を洗ってみたら？」

「ええ、そうします」

二人はグラスを重ね、午後八時半ごろに店を出た。

生方は新宿駅に向かう進藤を見送り、歌舞伎町に向かった。ピアノ・バー『ソナタ』に着いたのは十数分後だった。

まだ時刻が早いせいか、客の姿は見当たらなかった。ママの律子が二人のホステスとボックス・シートに坐って、何やら談笑している。ママの弟の家弓保はカウンターの中で、グラスを磨いていた。絵里香はいなかった。

「いつ北海道から戻ったの？」

ママが駆け寄ってきた。バーテンダーの家弓が笑いかけてきた。生方は笑い返し、二人のホステスに会釈《えしゃく》した。

「例の犯人は検挙《アゲ》られたのね？」

ママが問いかけてきた。生方は首を横に振り、経緯《いきさつ》を語った。

「ひどい目に遭《あ》ったわね」

「絵里香ちゃんは休みなのかな？」

「あの娘《こ》、きのうで辞めたのよ。劇団のリハーサルが夜まで行われるようになったみたい」

「そう。実は、彼女がおれを陥れるような偽証をしたんだよ」

「なんで⁉」

律子が目を丸くした。生方は詳しい話をして、絵里香の本名と自宅の住所を訊いた。彼女の本名は湯村《ゆむら》まどかで、ＪＲ目白駅近くのワンルーム・マンションに住んでいるという。

「事件が解決したら、また来るよ」

生方はママに言って、『ソナタ』を後《あと》にした。

バー・ビルを出ると、首尾よくタクシーの空車が通りかかった。

生方は、そのタクシーで絵里香の自宅に向かった。目的のワンルーム・マンションを探し当てたのは十六、七分後だった。

生方は六階に上がり、絵里香が住んでいる六〇三号室の前に立った。部屋には電灯が点いていた。留守ではなさそうだ。

生方はマンションの管理会社の社員を装って、六〇三号室のドアを開けさせた。来訪者が生方とわかると、絵里香は狼狽した。

生方はドアを大きく開け、奥に逃げかけた絵里香の右手首を摑んで引き寄せた。

「新宿署の刑事課の奴らに嘘を言ったなっ」

「え？」

「空とぼけるなって。そっちは、おれが亜希ちゃんにしつこく言い寄ってたと証言したそうだな。そのせいで、おれは殺人犯扱いされたんだ」

「ご、ごめんなさい」

「誰に偽証するよう頼まれたんだ？」

「押尾とかいう二十八、九の男よ。一昨日《おととい》、お店から帰るときに声をかけられて、言われた通りにしてくれたら、百万くれるって人参をちらつかされたんで、わたし……」

絵里香が言い澱《よど》んだ。

「新宿署に出向いて、刑事課の人間に偽証したんだな？」

「ええ、米山という課長にね。わたし、百万円の謝礼に目が眩《くら》んじゃったのよ。ホステスの時給は悪くないんだけど、結構、疲れるの。次の公演では割に大きな役を貰えたんで、数カ月、芝居に打ち込みたかったのよ」

「謝礼は貰ったんだな？」

「ええ、キャッシュでね。でも、押尾という男はわたしに運転免許証を出させて、氏名、生年月日、現住所、本籍地をしっかりメモしていったわ。それから、警察で指示した通りのことを言わないとわかったら、生コンで固めて海の底に沈めると凄《すご》んだの。はったりだと思うけど、彼の親戚《しんせき》に北海道の大親分がいるとか言ってた」

「その親分の名は？」

生方は早口で訊いた。思いがけなく大きな手がかりを得て、興奮気味だった。押尾は北誠会の今岡会長か、勝沼組長の縁者なのではないか。

「そこまでは教えてくれなかったわ。あの男は亜希さん殺しに関与してるの？」

「押尾が主犯かもしれないんだ」

「わたし、なんてことをしちゃったんだろう。偽証罪で逮捕されちゃうの？　わたし、お金は返すわ。だから、生方さん、わたしの味方になって！」

「新宿署に捜査本部が設けられてるから、本庁の捜査一課の刑事に会って、押尾に頼まれたことをこれから話してくれ」

「そうすれば、刑罰は科せられない？」

「多分ね」

「わたし、そうします」

絵里香が言って、涙ぐんだ。後悔の涙だろう。

「貰った金には、もう手をつけちゃったのか？」

「ううん、まだよ」

「それはよかった。楽して金を得ようとすると、ろくなことにはならない。そのことを肝《きも》に銘じとくんだな」

生方は絵里香を伴って、新宿署に戻った。捜査本部にいる本庁の刑事たちは彼女の話を聞き、押尾に対する疑惑を深めた。所たちは、顔色を失った。

生方の嫌疑は一応、晴れた。しかし、まごまごしていたら、捜査本部に先を越されてしまう。なんとしてでも、自分の手で犯人を追いつめたい。

(押尾の縁者を急いで洗ってみよう)

生方は、絵里香よりも先に捜査本部室を出た。

2

事件調書の写しは分厚かった。

生方は事件簿の綴《つづ》りを繰り返し読み返していた。笹塚にある自宅マンションのダイニング・キッチンだ。

前夜、生方は捜査本部室を出ると、捜査資料室に回った。そして署内に保管されていた二年数ヵ月前の女子大生殺害事件の関連調書をコピーし、それを自宅に持ち帰ったのである。

調書で、押尾和博の母が札幌市出身であることを確認した。そのことは、二年数ヵ月前の事件で記憶していた。しかし、単なる偶然と考えていたのである。生方は今朝《けさ》早く及川法律事務所の水島調査員に電話をして、道内に住む押尾翠の血縁者をリストアップしてくれるよう頼んだ。

水島から調査報告の電話があったのは、午前十一時ごろである。半《なか》ば予想していたことだが、押尾の母は北誠会の今岡直孝会長の実妹だった。兄妹《きょうだい》は三つ違いで、幼いころから仲がよかったらしい。今岡会長は、やや異常なほど妹思いだったという。

今岡兄妹の両親は、二人が小学生のころにバス事故で亡《な》くなっている。それ以来、兄妹は高校を卒業するまで親類宅をたらい回しにされていたそうだ。今岡会長は、親代わりに妹の翠を庇護《ひご》しつづけてきたのだろう。

北誠会の会長は、甥《おい》である押尾和博も溺愛《できあい》していたのではないか。その押尾が二年数カ月前、つきまとっていた女子大生を殺害したと疑われた。今岡は、妹の息子を別件で逮捕した生方を恨んでいたのではないか。だから、甥の押尾と共謀し、生方を高見沢亜希殺しの犯人に仕立てる気になったのかもしれない。考えられないことではないだろう。

それにしても、押尾の母はなぜ自死してしまったのか。息子が別件で身柄を拘束されたとき、一部のマスコミが女子大生殺しの真犯人のような報じ方をした。

しかし、後日、押尾は窃盗罪で地検に送致されたにすぎない。殺人容疑は晴れたわけだ。いくら有名人だったからといって、自殺するほど深刻に悩まなくてもよかったのではないか。表舞台から消え、ひっそりと暮らしつづけることもできたはずだ。それなのに、押尾翠は鉄道自殺してしまった。生きていられない理由が何かあったのではないか。

生方はそこまで考え、思わず自分の膝を打った。押尾翠は息子がストーカー行為を重ねた末に女子大生を殺してしまったことを知り、絶望感を深めたのではないか。そうだとしたら、押尾は二年数カ月前にもアリバイを偽装した疑いがある。事件当夜の彼のアリバイを証言したのは、友人や知人ばかりだった。押尾が彼らを抱き込み、口裏を合わせてもらったのではないか。

真犯人と名乗り出た平松豊は押尾の高校時代の二学年後輩で、在学中は上級生たちの使いっ走りをさせられていた。押尾が、そんな平松を何かと庇《かば》った事実は聞き込みで明らかになった。

平松は恩義のある押尾をなんとか救いたい気持ちに駆られ、犯人の身替りとして出頭したのではないか。そう推測する根拠はあった。

平松は不自然なほど犯行を詳細に供述した。動機はどうあれ、殺人行為に及んだ者にしては沈着すぎる。平松は、真犯人である押尾に予《あらかじ》め事件内容を詳しく教え込まれていたのではないか。

彼は一面識もなかった女子大生を殺害した理由について、誰か人間を殺してみたかったと述べている。さらに被害者の乳房と性器を刃物で抉《えぐ》り取って、生で貪《むさぼ》り喰《く》う計画も立てていたとも洩らした。しかし、それはさすがに実行できなかったと付け加えた。

平松は全面自供をした直後から、常軌《じょうき》を逸《いっ》した言動を見せるようになった。看守をロボットだと口走り、独房の壁に数えきれないほど自分の額を打ちつけ、へらへらと笑いつづけた。

それだけではなかった。平松は頭髪や陰毛を毟《むし》り取り、自分の口に入れた。そんなわけで、担当弁護士は東京地方裁判所に平松の精神鑑定を求めた。

それは認められ、平松は一流医大の精神科医に心神喪失者《しんしんそうしつしゃ》と鑑定された。心神喪失者は刑罰を免れる。平松は未決囚のまま、東京拘置所から釈放された。

（平松は押尾の指示で、精神のバランスを崩してる振りをしてたんじゃないのか。そうだとしたら、押尾は平松の担当弁護士を抱き込んで、東京地裁に精神鑑定の請求をさせたんだろう。精神科医は何か弱みを握られて、犯行時の平松は心神喪失状態にあったと偽《いつわ》りの鑑定をしたのかもしれないな）

生方はキャビンに火を点け、椅子の背凭《せもた》れに上体を預けた。

検察庁や裁判所が被疑者の精神鑑定を依頼する場合、実績のある精神科医を選ぶ。それだからか、出された鑑定結果はそのまま判決を左右することが多い。

検察側か弁護側が納得できないときは、別の精神科医に新たに鑑定を頼むか、複数の鑑定医を使う。しかし、難事件の場合を除き、そこまで行われるケースは稀《まれ》だ。

生方は煙草を喫《す》い終えると、平松の弁護を引き受けた槇靖久《まきやすひさ》法律事務所に電話をかけた。槇弁護士は五十代前半で、港区虎ノ門にオフィスを構えている。

コールした電話は現在、使われていなかった。

事務所が移転したようだ。生方は、槇が所属している第一弁護士会に電話をかけた。受話器を取ったのは女性職員だった。

「槇弁護士の移転先を教えてほしいんです」

生方は身分を明かし、相手に言った。

「槇靖久は、もう所属弁護士ではありません」

「東京弁護士会か、第二弁護士会に移られたんですね？」

「いいえ。登録を取り消されたんです。槇は杉並区に住んでる資産家の老女の土地売却金三億二千万円を詐取《さしゅ》したんですよ。詐欺容疑で逮捕される直前に愛人の若い女性と高飛びして、行方がわからないんです。ひょっとしたら、二人は海外逃亡を図ったのかもしれません」

「それは、いつのことです？」

「七、八ヵ月前の出来事です。槇弁護士に関する苦情がこちらに寄せられてたんですよ、それ以前に何件もね。あの先生は悪徳弁護士だったんです。今度は何をやったんでしょう？」

「昔の事件のことで、ちょっと確認したいことがあっただけなんです」

「そうなんですか」

女性職員が興味なさそうに応じ、先に通話を切り上げた。

平松豊の担当弁護士は金銭欲が強いらしい。少なくとも熱血漢ではなさそうだ。槇は裁判に勝つためなら、手段を選ばないタイプなのだろう。押尾に抱き込まれて、平松を心神喪失者に仕立てることに協力した可能性はありそうだ。

生方は帝都医大の末継輝夫《すえつぐてるお》教授の研究室に電話をした。末継は五十八歳で、精神科医として知られている。

電話口に出たのは、若い男だった。弟子筋に当たるドクターだろう。末継教授は講義中だという。夕方までは教授室にいるはずだという話だった。

生方は携帯電話の終了キーを押し、押尾翠のマネージャーを務めていた春日陽子《かすがようこ》に電話をかけた。彼女は四十代の半ばで、元女性誌の編集者だ。押尾翠の著書の代筆も陽子がこなしていた。

　電話がつながった。

「二年数ヵ月前、押尾和博を窃盗容疑で逮捕した生方です。憶《おぼ》えてらっしゃるかな？　一度、事情聴取させてもらったんだが」

「ええ、憶えてますよ」

「自殺された押尾翠さんのことなんですが、彼女は死を選ぶ前に心療内科クリニックに通われてました？　たとえば、うつ病か何かで定期的に向精神薬を処方されてたとか」

「先生は心身ともに健康でしたよ。でも、息子さんが女子大生殺しで嫌疑をかけられたことではだいぶ思い悩んでましたね」

「そうですか。しかし、押尾和博は被害者の自転車を無断で乗ったということで窃盗容疑で送致されただけだったのに」

「でも、一部のマスコミが中傷めいた記事を載《の》せたから、翠先生は自分の人生が閉ざされたと思っちゃったんでしょうね」

「気持ちが暗くなるのはわかりますが、自転車泥棒なんて大きな犯罪ではありません。ひとり息子の行く末が心配だったはずなのに、自分だけ死んでしまうなんて、どうも解《げ》せないんですよ」

「確かにそうね」

「押尾翠さんは、息子の和博が実は女子大生を殺害したことを知ってたんじゃないのかな？」

「でも、息子さんにはアリバイがあったわけでしょ？」

「それは偽装工作だったのかもしれないんですよ。それから、警察に出頭した平松豊は身替り犯だった可能性もあるんです」

「そ、そんな!?」

陽子が絶句した。生方は、自分の推測をかいつまんで話した。

「そういえば、息子さんが逮捕された翌日、先生は泣きながら、札幌にいるお兄さんに電話をして何か相談してたわね」

陽子が言った。彼女の言葉を聞き、生方は押尾の母親が息子の殺人を知っていたと確信した。和博が罪の重さに耐えきれなくなって、犯行を打ち明けたのか。そうとは思えない。母親の直感で、わが子の凶行を見破ったのだろう。

「あなたは押尾翠さんの実の兄が北誠会の今岡直孝会長だと知ってました？」

「マネージャーになって間もなく、先生から打ち明けられました。その後、何度か先生と一緒に今岡さんに食事をご馳走になりました。一度は和博さんも同席してたわね。今岡さんはやくざの親分だけど、先生と甥っ子にはとっても甘かったわ。どちらかと話すときも、目を細めっ放しでした。二人をとても大切にしてたんでしょうね」

「まるで二人の保護者みたいだった？」

「ええ、そんな感じでしたね。先生は今岡さんに電話をして数日は明るくなったんですけど、その後、急に塞《ふさ》ぎ込むようになって……」

「そのまま、人生に幕を下ろしてしまったんですね？」

「ええ、そうです。和博さんは母親の死を知って、警察の見込み捜査と中傷記事が先生を追い詰めたんだと憤《いきどお》ってました。先生のお兄さんも同じことを言って、あなたに仕返しをしてやるなんて口走ってましたよ」

「それだけ聞けば、もう充分です」

「先生は息子さんが女子大生を殺したと確信したんで、発作的に死を選んでしまったのかしら？」

「ええ、おそらくね」

「和博さんは、何かまた大それたことをしてしまったんですか？」

「捜査中の事案《じあん》なんで、何も喋れないんですよ。ご協力、ありがとうございました」

「先生は、ひとり息子を甘やかしすぎたのかもしれないわね」

陽子が言った。生方は曖昧《あいまい》な返事をして、先に電話を切った。

奥の居室《きょしつ》に移り、手早く外出の支度をした。部屋の戸締りをして、エレベーターに乗り込む。午後一時半を回っていた。

エレベーターで地下駐車場に降り、マイカーのクラウン・マジェスタに乗り込む。エンジンの調子は悪くない。

平松豊の自宅は目黒区平町《たいらまち》二丁目にある。実家の敷地内の別棟で寝起きし、フリーでホームページ開設の仕事を請け負《うお》っているはずだ。

平松宅に着いたのは、およそ四十分後だった。

生方は車を平松宅の横に停めた。クラウンを降りたとき、平松宅から当の本人が姿を見せた。

平松は生方の顔を見ると、急に走りはじめた。逃げたのは何か後ろめたさを感じているからだろう。生方は全速力で追った。
五、六十メートル先で追いついた。生方は、平松の片腕を摑んだ。
平松はTシャツの上に格子柄のウール・シャツを二枚重ね、キルティングの黄土色のパーカを羽織っていた。下は、白っぽい厚手のチノクロス・パンツだ。

「どうして逃げたんだ？」

「おたくと話をしたくなかったからさ」

「どこかに出かけるつもりだったのか？」

「仕事の注文がないんで、駅前でパチスロをやるつもりだったんだよ」

「人と会う約束があるわけじゃないんだったら、ちょっとつき合ってくれ」

「例の事件のことは思い出したくないんだ。あの日、おれはまともじゃなかったんだよ。知らない女子大生を殺しちゃったんだからね、理由もなくさ。そのだいぶ前から、おれ、おかしかったんだよ。記憶が断片的に途切《とぎ》れたり、急に暴力衝動に駆られたりね」

「とにかく、つき合ってくれ」

生方は、数十メートル先にある児童公園に平松を連れ込んだ。

無人だった。平松を木製ベンチに腰かけさせ、その前に立つ。

「死んだ女子大生には申し訳ないことをしたと思ってるよ。けど、おれは事件当日、心神喪失状態にあったと精神鑑定されて刑罰は科せられなかったんだから、もう放っといてくれないか」

「まともすぎるな」

「え？」

平松が訊《き》き返した。

「受け答えがまともすぎるって言ったんだよ」

「おれ、いつもおかしくなるわけじゃないんだ。極度に激昂《げっこう》したり、恐怖心が募《つの》ると、自分じゃなくなっちゃうんだよ。小学校の低学年のころから、ずっと同じクラスの奴らや上級生にからかわれたり、いじめられたからだと思う。おれ、みんなと同じことをするのが嫌いなんだ。だから、教室で浮いてしまったんだろうな」

「一時的にしろ、そっちが精神のバランスを崩すとはどうも信じられないな」

「いまごろ、何を言ってるんだっ。おれは帝都医大の偉い精神科医の鑑定を受けて、犯行時は心神喪失状態にあったと言われたんだ」

「高名な精神科医だからって、全知全能の神ってわけじゃない。人間なんだから、鑑定ミスをすることもあるだろう」

「それは屁理屈《へりくつ》ってもんだよ」

「もう少し喋らせろ。東京地裁の依頼でそっちの鑑定に当たった帝都医大の末継教授は何かで脅迫されて、故意に事実を曲げた可能性だってゼロじゃない」

「おたくは捜査ミスを認めたくないんで、強引に押尾さんを犯人にしたいようだな。でも、それは無理だ。押尾先輩には、れっきとしたアリバイがあるんだから。先輩が女子大生を殺すことは物理的に不可能だよ」

「アリバイが崩れそうなんだ」

生方は揺さぶりをかけた。平松が視線を泳がせた。動揺の色は隠せない。

「そっちは押尾和博に泣きつかれて、身替り犯になったんじゃないのか。え？」

「そういうことを言ってもいいわけ？　人権問題だぜ」

「単なる臆測じゃないんだ。疑える材料があるんだよ。そっちの弁護人だった槇は現在、詐欺を働いて若い愛人と逃亡中なんだ。とかく悪い噂があったようだから、依頼人を無罪にするためには手段を選ばない男なんだろう」

「何が言いたいんだよ？」

「だからな、末継教授を抱き込んで、そっちを心神喪失者だと偽りの鑑定をさせたとも考えられるわけさ」

「確証もないのに、そんなことを口にするなんて軽率だよ。それだから、お巡《まわ》りは市民に嫌われるんだ」

「言ってくれるな。それはそうと、そっちは押尾を恩人と思ってるんだろう？」

「押尾先輩がおれを庇ってくれなかったら、十代のうちに自殺してたかもしれないよ」

「それだけ恩義を感じてるんだったら、殺人罪を被《かぶ》ってもいいと考えそうだな。どうせ押尾が手を回して、そっちを心神喪失者にしてくれるとわかってるんだったらさ」

「いい加減にしないと、人権派弁護士の事務所に駆け込むぞ。そうしたら、あんたは懲戒免職になるだろう。それでもいいのかっ」

「好きなようにしろ！」

「ヤー公みたいな刑事だな」

「身替り犯だったことを喋ったら、押尾の伯父のやくざの親玉に殺されるかもしれないと怯《おび》えてるわけか？」

生方は言った。平松は生方を憎々しげに睨むと、一目散に逃げ去った。

（奴は、うろたえてた。読み筋は外れてなかったんだな）

生方は公園を出て、自分の車に戻った。

二年数カ月前に押尾和博のアリバイを証言した者たちにひとりずつ電話をして、揺さぶりをかけてみた。しかし、偽証したことを認める者はひとりもいなかった。

押尾は、もう北海道から戻っているかもしれない。

生方は、クラウンを世田谷区の赤堤に走らせた。二十数分で、押尾宅に到着した。

家屋《かおく》はひっそりとしている。生方は車を降り、インターフォンを鳴らしてみた。

やはり、応答はなかった。押尾は伯父の今岡会長宅に何日か泊まるつもりなのか。

生方は自分の車に乗り込み、文京区の本郷に向かった。

帝都医大に到着したのは、午後四時過ぎだった。末継教授の顔は、テレビや雑誌で見知っていた。生方は職員専用の駐車場の近くにクラウン・マジェスタを停めた。そのまま車の中で張り込みを開始する。

末継教授が建物から現われたのは、午後八時過ぎだった。連れはいなかった。

教授はパーリー・グレイのレクサスの運転席に入ると、すぐにエンジンをかけた。レクサスは帝都医大の構内を出て、湯島《ゆしま》のラブ・ホテル街に入った。

生方は充分に車間距離を取りながら、レクサスを追尾した。末継の車はラブ・ホテル街を低速で一巡し、六階建てのシャトー風ホテルの斜め前に停まった。すぐにヘッドライトは消されたが、著名な精神科医は車を降りる様子を見せない。

生方は十分ほど経《た》ってから、ごく自然にクラウンから出た。通行人を装って、静かにレクサスに接近する。

末継教授は片方の耳にイヤホンを嵌《は》め、電波受信機のチューナーをゆっくりと動かしていた。

（精神科医の先生は、盗聴マニアなんだな。ラブ・ホテルに盗聴マイクを仕掛け、情事の

音声をキャッチして、暗い愉悦《ゆえつ》に浸ってるんだろう）

生方は運転席側のパワー・ウインドーを拳《こぶし》で軽く叩いた。

末継が電波受信機を床《フロア》に投げ落とし、イヤホンを外した。パワー・ウインドーが下げられた。

「何だね？」

「警察の者です」

生方は右手を車内に突っ込み、エンジン・キーを引き抜いた。

「きみ、何をするんだっ。わたしは怪しい者じゃない」

「あなたが帝都医大の末継教授だってことは存じ上げてます。精神科医の先生も、くだけた趣味をお持ちなんですね？」

「なんの話だ？」

「情事の盗聴のことですよ」

「えっ」

末継の顔が引き攣《つ》った。

「助手席のドア・ロックを解除してください」

「盗み聴き自体は犯罪にはならないはずだ」

「ええ、そうですね。しかし、ラブ・ホテルの部屋に盗聴マイクを仕掛けることは違法です。それよりも盗聴趣味があることが世間に知れたら、何かと不都合でしょ？」

「わかったよ」

「ちょっと事情聴取させてもらうだけです」

生方はレクサスを回り込み、助手席に腰を沈めた。キーを返す。

末継がキーを差し込み、運転席のパワー・ウインドーを上げた。生方は警察手帳を提示した。

「札入れに二十万円ほど入ってる。それで、何も見なかったことにしてくれないか。あまり趣味はよくないんだが、なかなか盗聴はやめられないんだ」

「困った方だ」

「言い訳に聞こえるだろうが、セックスしてる男女の喘《あえ》ぎ声や淫《みだ》らな会話だけを盗み聴きしてるわけじゃないんだよ。夫婦や親子の日常的な遣《や》り取りなんかも盗聴してるんだ。精神医学に役立つんでね」

「わたしは先生を恐喝する気なんかないんです。ただ、二年数カ月前に先生が行われた平松豊の精神鑑定のことを正直に話してほしいだけですよ」

「何を知りたいんだね？」

「先生は平松の弁護人を務《つと》めてた槙に盗聴癖のあることを知られて、偽の精神鑑定を強《し》いられたんでしょ？」

「偽の精神鑑定だって⁉」

「ええ、そうです。具体的に言いましょうか。あなたは槙弁護士に脅されて、犯行時の平松豊は心神喪失状態にあったと偽りの精神鑑定をし、被疑者の刑罰を免れさせてやった。そうなんでしょ？」

「弁護士の槙には、きっぱりと断った。しかし、数日後に……」

「北誠会の今岡会長があなたを訪ねて、同じことを強要したんですね？」

「なんで、そんなことまで知ってるんだ⁉」

「やはり、そうだったか。女子大生を殺したのは平松じゃなく、今岡会長の甥の押尾和博が真犯人だったんでしょ？」

「それはわからない。しかし、平松豊が心神喪失者じゃなかったことは確かだ。今岡が北海道で最大勢力を誇る暴力団と聞いて、わたしは命令に背《そむ》けなかったんだよ。趣味の盗聴のことを表沙汰にされたら、わたしは築き上げたものをすべて失ってしまうという怯《おび》えに取り憑《つ》かれて……」

「やはり、そうだったんですか」

「おしまいだ。わたしの人生は、もう終わってしまった。なんて愚かなことをしてしまったんだろうか」

末継教授が嘆《なげ》いた。

「盗聴行為であなたを逮捕する気はない。しかし、先生が鑑定で事実を曲げたことによって、女子大生を殺した真犯人は捜査圏外に逃《のが》れ、のうのうと暮らしてるんです」

「そうだね」

「良心のかけらが残ってるんだったら、偽の鑑定をした事実を公表すべきですね」

「少し時間をくれないか。そのうち必ず勇気を出して……」

「いまの言葉を信じることにします」

生方は末継教授の車を降り、マイカーに向かって歩きだした。

3

音声が流れはじめた。

生方は、コーヒー・テーブルに置かれたＩＣレコーダーを見つめた。

及川法律事務所の所長室である。

生方は応接ソファ・セットで、及川弁護士や調査員の水島と向かい合っていた。精神科医の末継教授を追い込んだ翌日の夕方だ。

二人の男の遣《や》り取りを聴く。

——庄司さん、きょうはお詫びしなくてはなりません。

——深刻な顔して、いったいどうしたんだね？勝沼君、何があったんだ？

——かねてご相談した通り、わたしは本気で組を解散して、畜産の仕事をやるつもりでいたんです。ですから、庄司さんの奥さんの弟さんの牧場に通って、牛の飼育のイロハを教えていただいたんですよ。

——そうだったね。きみは、借金を抱えてた義弟に低利で一億円を融資してくれた。そのことには深く感謝してるよ。もちろん、義弟にはきちんと返済させる。

——ご融資した金は、出世払いということで結構です。

——勝沼君、それはまずいよ。わたしが妻の弟の借金をきみに肩代わりさせたと周囲の者に思われたら、こちらは道警にいられなくなってしまう。それは困るんだ。義弟《おとうと》に金を貸してくれる金融機関がなかったんで、冗談半分に勝沼君に相談してみたんだからねえ。

——ええ、そうでした。

——自分の立場を考えれば、きみのポケット・マネーを回してもらうことは避けるべきだったんだろうが、真面目に酪農に取り組んできた義弟夫婦の力になりたかったんだ。わたしも一千万円は回してやったんだが、情けない話だが、それ以上の支援はできなかった。それで、結果的には勝沼君に大金を借りることになってしまったわけだがね。

——わたし、本気で堅気になって、牛飼いになる気でいたんですよ。あなたの義弟《おとうと》さんは酪農の仕事をそっちのけにして、わたしに牧畜の基礎知識を教えてくれました。そのお礼のつもりで、一億円お貸ししたんです。別に踏み倒されてもいいと思ってます。

——勝沼君、それはいけないよ。わたしは道警本部の刑事部長で、きみは北誠会勝沼組の組長なんだ。義弟が借りた一億円を出世払いにしたら、世間やマスコミはわたしが役職を悪用して、きみに金を無心したと思うだろう。道警が、かつて組織ぐるみで裏金を捻出してたのは間違いないことだ。しかし、北海道タイムスに告発されてからは、全職員が気持ちを引き締めて、不正支出のチェックをしてきた。

——でしょうね。しかし、北海道タイムスと全道民オンブズマンは道警がまた裏金づくりに励んでるのではないかと疑って、追跡取材に乗り出したようなんでしょ？

——そうなんだ。十億円近い税金を道警は着服してしまったわけだから、そんなふうに疑われても仕方ないよな。しかし、その当時の首脳部はひとりも残ってない。本部長、副部長、わたしの三人は在職中に決して不祥事を起こさないよう力を尽くそうと誓い合ったんだ。だから、いまは十円の不正支出もないはずだよ。

——それは立派ですね。庄司さんのお立場を考えて、義理の弟さんには少しずつ返済してもらうことにしますよ。

——ああ、そうしてくれないか。それはそうと、北誠会の今岡会長が勝沼組の解散に強く反対したんだな？　きみはとても目端がきくから、傘下《さんか》の組長の中では最も稼ぎがいいからね。

——今岡会長はわたしの気持ちを尊重してくれて、勝沼組を解散してもいいと言ってくれたんですよ。しかし、兄弟分たちがわたしの子分を受け入れる余裕はないと揃って渋い顔をしたもんで……。

——組員たちが本気で足を洗う気なら、わたしが働き口を探してやってもいいがね。

——残念ながら、堅気になってもいいと思ってる組員は四、五人しかいないんですよ。そいつらは前科歴はあっても、まだ指は落としてないし、刺青《スミ》も小さいんです。しかし、ほかの連中は筋金入りの稼業人ですし、体を総身彫《ぼ》りで飾ってるんです。とても雇ってくれる会社や工場はないでしょう。仮に就職先が見つかっても、長く勤められる奴は少ないと思います。どいつも楽な方法で銭《ぜに》を手に入れてきましたから、時給千円そこそこじゃ、かったるくなっちまうでしょう。

——そうだろうな。

——大変申し訳ないんですが、そんなことで勝沼組を解散することはできなくなってしまったんですよ。庄司さんをたびたび呼び出して、いろいろ相談に乗ってもらったのに、いまさら言えた義理ではないんですがね。

——残念だよ、勝沼君。もったいない話だな。きみなら、堅気になっても事業家として必ず成功すると思ってたんだ。もったいない話だな。会長の今岡に会って、きみんとこの組員を傘下の組に振り分けろと言ってやろうか？

——庄司さんのお気持ちはありがたいんですが、今岡会長を困らせるような真似《まね》はできません。会長には若いころから、ずっと目をかけてもらってますんでね。後ろ肢《あし》で砂を引っかけるようなことはできません。

——若頭に組織をそっくり譲って、きみだけ引退してもいいんじゃないのか？

——それも、ちらっと考えたんですよ。しかし、うちの若頭はまだ一家を預かるだけの器《うつわ》じゃありません。組を任せても、うまく束《たば》ねられないでしょう。そして、一、二年のうちに遣《シ》り繰《ノ》り《ギ》もできなくなると思います。そうなったら、会長に恩を仇《あだ》で返すことになってしまいます。

——そうだな。

――お騒がせしましたが、そんなことになってしまったんですよ。庄司さん、どうか勘弁してください。この通りです。

――勝沼君、頭を上げてくれ。堅気になるチャンスだったんだが、そういう事情があるんだったら、仕方がない。

――すみません。お詫びに飛び切りの料理とうまい酒を用意させましたんで、ご賞味ください。

――勘定は割り勘にしてくれ。きみに奢《おご》られたら、わたしは妙な勘繰《かんぐ》り方をされるからね。

――そうお堅いことをおっしゃらずに……。

――いや、絶対に割り勘にしてもらう。そうじゃないなら、先に帰る。

――わかりました。それでは、そういうことにしましょう。さて、飲みましょうか。

水島がICレコーダーの停止ボタンを押し、生方に顔を向けてきた。

「昨夜《ゆうべ》、定山渓《じょうざんけい》温泉の老舗旅館の一室で録音したものです。勝沼が予約したのを知り、旅館の従業員を抱き込んで、部屋にこっそりICレコーダーを持ち込ませたんですよ。感心できることじゃないんですが、どうしても二人の密談内容を握りたかったんでね」

「こっちは別に優等生ではありません。悪事を暴《あば》くためだったら、合法すれすれのことをやってもかまわないと思ってます」

「それを聞いて、少し安心しました。実は生方さんに詰《なじ》られるんではないかと内心、ひやひやしてたんです。わたしのことより、及川先生の立場もありますからね」

「公安刑事は非合法な電話盗聴をしてます。一般市民の生活をおびやかすことは問題ですが、今回のことは問題にはならないでしょう。それはさておき、こっちの読み筋は外れてたんだな。てっきり庄司刑事部長が勝沼組から汚れた金を吸い上げてると思ってたんだが……」

「わたしも、そう読んでたんですがね。勝沼は庄司に相談事を持ちかけ、刑事部長の義弟に低金利で一億円を貸しただけだったようです」

「そうですね。なんだか振り出しに戻ってしまったようだな」

「ええ。そうですね。しかし、道警が北誠会から汚れた金を吸い上げてないことがはっきりとわかったわけですから、ある意味では前進でしょ？」

「そう考えることにします」

「道警を悪者に見せかけようと画策した謎の人物は、いったい何者なんでしょうね？」

「勝沼は正体不明の人物と結託《けったく》して、道警の刑事部長にもっともらしい相談を持ちかけ、しばしば会ってたんでしょう」

「偽装ですね。北誠会と道警が裏でつながってると見せかけるためには、そういう細工が必要だったわけなんでしょう」

「ええ。そういうミスリードに翻弄《ほんろう》されてしまったわけですが、闇の奥に潜《ひそ》んでる黒幕を必ず引きずり出してやりますよ。どうもお邪魔しました」

生方は及川法律事務所を辞去し、最寄《もよ》りのレンタカー営業所に急いだ。ワイン・レッドのセレナを借り、勝沼組の事務所に向かう。

生方は組事務所から少し離れた路上にレンタカーを停め、そのまま張り込みはじめた。

勝沼をとことんマークしていれば、いつか謎の人物と接触するはずだ。

正体不明の黒幕は、何か道警に恨みを持っているのか。しかし、北誠会が道警を敵に回すとは考えにくい。暴力団がまともに警察に矢を向けるようなことをしたら、いずれ組織を潰《つぶ》されてしまう。

謎の人物は、逆に警察に顔が利く有力者と考えるべきだろう。道警の幹部たちと交友のある代議士か、経済人なのだろうか。

そういう人物が何かでまとまった金が必要になって、北誠会に無心したのではないか。道警と深いつながりのある相手に恩を売っておいて損はない。

勝沼組はそう算盤《そろばん》を弾き、密漁水産物で儲けたブラック・マネーを吐き出す気になったのではないか。むろん、今岡会長の同意は得ているにちがいない。

生方は張り込みながら、思考を巡らせた。

組事務所から黒いベンツが走り出てきたのは、午後十時過ぎだった。勝沼が自らハンドルを握っていた。同乗者はいない。

生方はセレナで勝沼の車を尾《つ》けはじめた。

ベンツは十数分走り、札幌医療センターの来客用駐車場に駐《と》められた。私立の総合病院だ。勝沼は慌《あわ》ただしく車を降り、馴《な》れた足取りで院内に入った。

身内の誰かが入院しているのか。しかし、とうに面会時間は過ぎている。

生方はレンタカーを降り、一階ロビーに走り入った。

ちょうど勝沼がエレベーターに乗り込んだところだった。生方はエレベーター・ホールに進み、階数表示盤を見上げた。

ランプは八階で停まった。プレートに目をやると、その階には院長室しかなかった。どうやら勝沼は、この病院の院長と親しい間柄らしい。

生方は一階の奥にある医局に足を向けた。医局のドアをノックしかけたとき、若い男性の当直医が姿を見せた。白衣をまとっている。

「警察の者です。この病院に暴力団関係者が出入りしてるようだが、院長がその筋《すじ》の者なのかな?」

生方は鎌をかけた。

「とんでもない。うちの院長兼理事長の菅原勲《すがわらいさお》は、北海道の公安委員のひとりですよ。やくざ者なんかじゃありません。ただ、何年も前から赤字経営ですから、金融機関から借り入れはあると思うな。取り立て屋は来てるかもしれませんが、暴力団とは無関係ですよ」

「失礼なことを言っちゃったな」

「ちょっと用がありますんで……」

相手が白衣の裾を翻《ひるがえ》しながら、足早に遠ざかっていった。

生方はレンタカーに戻って、調査員の水島に電話をかけた。スリーコールで、電話はつながった。

「もしかしたら、首謀者は北海道公安委員会のメンバーなのかもしれません」

生方は経緯《いきさつ》を語った。

「勝沼が公安委員の菅原勲を訪ねたですって!?」

「ええ。確か北海道の公安委員会は、五人で構成されてたんじゃなかったかな?」

「その通りです。弁護士、会社経営者、銀行頭取、病院長、元副知事の五人です。どなたも道内の名士ですよ。公安委員会のメンバーは道警が候補者を選んで、道知事の承認を得て決めてるんです。そういうことですんで、どうしても公安委員は警察寄りの有力者が選ばれてますね」

「それだな。道内で最大の勢力を持ってる北誠会は公安委員のひとりに恩を売って、何かあったときにその人物に道警を押さえ込んでもらう気になったんでしょう。首謀者は何かの事情で巨額が必要になった。それで、今岡会長から汚れた金を引き出すことを企《たく》んだ。しかし、ストレートに巨額をせしめたら、自分が怪しまれてしまう」

「だから、道警が北誠会の裏金の上前をはねてるように見せかけたんですね？」

「まだ推測の域は出ませんが、そういうストーリーは考えられるでしょう。まさか公安委員が道警を悪者にして、暴力団のブラック・マネーを懐に入れてるとは誰も疑わないでしょうから」

「ええ、そうですね。あの病院が経営不振であることは間違いありません」

「菅原はどんな人物なんです？」

「菅原はもう六十一、二なんですが、二代目院長のせいか、遊び好きなんですよ。毎晩のように市内の高級クラブを飲み歩いて、北誠会の息のかかった秘密カジノにも出入りしてるようです」

「そうですか。公安委員の菅原は夜遊びしてるうちに、北誠会の今岡会長と親しくなったんでしょう」

生方は上着の内ポケットから手帳を取り出し、菅原勲に関する情報をメモした。

「拘置所に収監されてる高見沢記者は、今岡会長と公安委員の菅原が密談してる場所にたまたま居合わせたんではないのかな。彼のほうは二人に気づかなかったんだが、今岡か菅原がまずいとこを見られたと焦《あせ》って、殺されたキャバクラ嬢に色仕掛けを使わせた。それから、用心のために友樹君の妹の亜希さんをレイプさせようとした。しかし、手違いがあって、侵入者は彼女を絞殺してしまった。生方さん、そうなんじゃないですかね？」

水島が問いかけてきた。

「高見沢亜希を穢《けが》そうとしたのは、北誠会の構成員なんだと思います。しかし、彼女を殺害したのは今岡会長の甥の押尾和博臭いですね。押尾は二年数ヵ月前にも、渋谷署管内で女子大生を殺してると思われます。そのときも奴はアリバイ工作をしてます」

「どんな偽装をしたんです？」

「友人や知り合いを抱き込んで、押尾は事件当日、アリバイがあると口裏を合わせてもらったにちがいありません。高見沢亜希の事件では二人一役のトリックを使ったんですよ」

生方はそう前置きして、アリバイを崩してみせた。

「福岡のビジネス・ホテルで宿泊者カードに自分で記入しなかった事実は、いかにも怪しいですね」

水島が言った。生方は相槌を打ち、身替り犯や精神科医を追い込んだことも話した。

「末継教授がそう証言してるんなら、女子大生殺しの犯人も押尾和博に間違いありませんね。亜希さんの事件で生方さんを殺人犯に仕立てようとした動機は別件逮捕によって、母親の押尾翠が鉄道自殺したと思ってるからなんだろうな」

「ええ、押尾自身はそう思ってるんでしょう。しかし、母親は息子が女子大生殺しの真犯人であることを知ってた。さらに、実兄の今岡が末継教授を脅して、身替り犯の平松を心神喪失者だと偽りの鑑定をさせたことも知ってたと思われます。マスコミで脚光を浴びていた押尾翠はいつか息子が殺人者として逮捕される日が訪れるのではないかという不安にさいなまれて、悲観してしまったんでしょう」

「それで、自殺してしまったのか」

「ええ、多分ね。おそらく今岡は甥から女子大生を殺したと打ち明けられても、そのことは妹の翠には伏せつづけてたにちがいない。しかし、身替り犯を心神喪失者に仕立てたことで、押尾の母親は息子が真犯人だと確信を深めたんでしょう」

「そうなんでしょうね」

「今岡はかわいがってた妹を自殺に追い込んだのは別件逮捕のせいだと甥と同じように、このわたしに恨みを懐《いだ》いた。だから、二人は共謀して、わたしに亜希さん殺しの濡れ衣を着せる気になったんだと思います」

「生方さんの話をうかがって、おおむね謎が解けましたよ。わたしは北誠会の今岡会長が公安委員の菅原勲と接触したら、その現場をデジカメかビデオ・カメラに撮ることにしましょう。あなたはどうされます？」

水島が訊いた。

「勝沼に揺さぶりをかけてみます」

「相手は、やくざの親玉なんですよ。丸腰で大丈夫ですか？　こっちの警察に支援を要請したほうがいいんじゃないかな？」

「複数で動くと、相手に覚《さと》られやすいんですよ。できるところまで、単独でやってみます」

生方は電話を切って、煙草に火を点けた。一服し終えたとき、勝沼が外に出てきた。すぐにベンツに乗り込み、発進させた。

生方は、ふたたび勝沼の車を尾行しはじめた。

ベンツは札幌駅前通を南下し、南九条西四丁目の交差点を右折した。住宅街を数百メートル走り、東本願寺札幌別院の裏側に達した。

やがて、勝沼の車は和風住宅のガレージに納められた。愛人宅だった。

生方は十分ほど過ぎてから、芦田宅のインターフォンを押した。通行人の姿は見当たらない。

少し待つと、スピーカーから女の声が響いてきた。

「どちらさまですか？」

「あんた、芦田朋美さんだな？」

生方は、道内の暴力団関係者を装った。

「はい、そうです。失礼ですが、どなたでしょう？」

「おれは道東会《どうとうかい》の者《もん》だ。北誠会の勝沼組が釧路で密漁ビジネスをしてるんで、話《ナシ》をつけにきたんだよ。おれたちの縄張り《シマ》を荒されたんじゃ、黙っていられねえからな。勝沼があんたの家にいることはわかってるんだ」

「お引き取りください。家には、わたしだけしかいません」

「嘘が下手だね。おれたちは暗視望遠鏡《ノクト・ビジョン》で勝沼の姿を確認済みなんだぜ」

「えっ⁉」

「それにな、この家の周《まわ》りには若い者《もん》を七、八人配してるんだ。勝沼は、もう逃げられねえよ。パトロンにおとなしく外に出て来いって言いな。一一〇番しやがったら、あんたも勝沼と一緒に撃ち殺すぜ」

「け、警察には通報しません。あなたのことはちゃんと勝沼さんに伝えますから、わたしを撃ったりしないで」

「いいから、早く野郎に伝えろ」

「はい、ただいま……」

スピーカーが沈黙した。

生方はほくそ笑《え》んで、暗がりに身を潜《ひそ》めた。

五分ほど経過したころ、芦田宅の門扉《もんぴ》が細く開けられた。勝沼だった。

右手は上着の裾《すそ》の中に隠れている。ベルトの下に挟んだ拳銃の銃把《グリップ》を握っているにちがいない。

生方は動かなかった。

「道東会の奴ら、どこにいるんでえ。弱小組織がおれを的《まと》にかけるってか？　上等じゃねえかっ。てめえら全員を撃《ハジ》いてやらあ」

勝沼が路上に躍《おど》り出て、左右を素早く見回した。

右手に握っているのは、アメリカ製のコルト・ディフェンダーだった。コンパクト・ピストルだが、四十五口径である。侮《あなど》れない。

生方は勝沼を引き寄せてから、拳銃を奪うことにした。

「出てきやがれ！」

勝沼が無防備に接近してくる。

生方は目を凝《こ》らし、勝沼に組みついた。左の肘《ひじ》で勝沼の側頭部を打ち、コルト・ディフェンダーを奪う。同時に、足払いをかけた。

勝沼は横倒れに転がった。

「とりあえず、銃刀法違反で現行犯逮捕《ゲンタイ》だ」

生方は告げて、勝沼に銃口を向けた。

すでにスライドは引いてあった。引き金を絞れば、銃弾が発射される。起き上がった勝沼の顔は強張《こわば》っていた。

「新宿署の生方だ。広瀬と奈々を使って、北海道タイムスの高見沢記者を強姦犯に仕立てたのは、そっちだなっ」

「なんの話かわからねえな」

「北誠会の今岡会長に指示されたことは読めてるんだ。あんたはロシア海域で密漁された魚や蟹を釧路の『旭洋水産』に集めさせ、荒稼ぎした金の一部を道警にカンパしてるように見せかけ、ホームレスの男に北海道タイムス本社と全道民オンブズマンの事務局にそれぞれ手榴弾を投げ込ませた。道警が裏で糸を引いてると思わせるための小細工だったんだろう？」

「わけがわからねえな。いったい何のことなんでえ？」

「組員の広瀬と奈々を心中を装って始末したのは、高見沢友樹を罠に嵌めたことが発覚することを恐れたからなんだな？」

「おたく、なんか勘違いしてるみてえだな」

「とぼけても意味ないぞ。北誠会は道警の悪事に見せかけて、ある公安委員の偽装工作に協力したんだろうが！　その公安委員が経営してる病院は、経営がうまくいってないはずだ」

　生方は菅原の名を口走りそうになったが、辛《かろ》うじて抑《おさ》えた。まだ確証を得ていなかったからだ。勝沼が開き直った。

「逮捕《パク》るなら、早く逮捕《パク》れや。銃刀法違反なら、一年ちょっとの実刑で済むだろうからな」

「今岡がブラック・マネーを寄附した有力者が道警の幹部を抱き込んでくれるってわけかい？」

「何を言ってるのか、わからねえな」

「路面に腹這《ば》いになって、両手を頭の上で重ねろ！」

生方は言い放って、勝沼を突き飛ばした。

勝沼は尻餅《しりもち》をつき、言われた通りに路上に這《は》いつくばった。生方は左手で懐から携帯電話を取り出し、地元の札幌中央署に支援要請をした。

4

もどかしかった。

腹立たしくもあった。勝沼は拳銃の不法所持を認めただけで、その後は黙秘権を行使している。

札幌中央署刑事課だ。生方はマジック・ミラー越しに取調室を覗いていた。午後十一時過ぎだった。

生方は緊急逮捕した勝沼の身柄を所轄署の捜査員に引き渡したが、自分自身で一連の容疑を追及することはできなかった。裁判所から勝沼の逮捕令状が出ていなかったからだ。

取調室にいる二人の刑事は困惑している様子だった。生方は取調べが行われる前に、刑事たちに勝沼の犯罪容疑について伝えてあった。

二人の刑事は代わる代わる勝沼を厳しく取調べた。だが、被疑者は目をつぶり、何も答えようとしなかった。

生方はついに焦《じ》れ、覗き部屋と称される小部屋を出た。隣の取調室のドアをノックする。

じきに、取調室から強行犯一係の久住信良《くすみのぶよし》警部補が出てきた。
三十四、五で、中肉中背だ。細面《ほそおもて》である。目が糸のように細い。
「一筋縄《ひとすじなわ》ではいかないようですね」

生方は言った。

「ええ、まいりましたよ。勝沼は強《したた》かな奴です」

「勝沼が組員の広瀬とその愛人を使って、北海道タイムスの高見沢記者を強姦犯に仕立てさせたことは間違いないんですがね。それから、広瀬とキャバクラ嬢の奈々を煉炭心中に見せかけて、小樽市内で誰かに殺《や》らせた疑いも濃いんです」

「生方さんが取調べることはまずいんですが、われわれは見て見ぬ振りをしてもかまいませんよ。ご自分で勝沼を締め上げてみます？」

「そうしても、奴は自白《ウタ》わないでしょう」

「かもしれませんね。とりあえず銃刀法違反で送致手続きをして、期限ぎりぎりまで勾《こう》留《りゅう》し、全面自供に追い込むつもりです」

「小樽署の刑事課に石丸という知り合いがいます。石丸警部には、広瀬たち二人が心中を装って殺害されたようだと話してありますんで、協力を要請したほうがいいと思います。小樽署が他殺の物証を手に入れれば、勝沼も観念するでしょう」

「わかりました。石丸という方に連絡を取ってみます」

久住が言った。

「それから、北誠会の今岡会長が勝沼に何か差し入れたら、充分にチェックしたほうがいいと思います。今岡が保身のため、勝沼を毒殺する可能性もありますんでね」

「そこまではやらないでしょう？　勝沼は、今岡会長の片腕ですから」

「いや、わかりませんよ。裏社会でのし上がった奴は基本的には身内以外の人間には心底気を許してない。自分に不都合なことがあれば、平気で友人や兄弟分も斬《き》るもんですよ。そうしなければ、暗黒社会では生き残れませんのでね」

「そうなのかもしれないな」

「高見沢記者のレイプ事件はもう送致済みなわけですが、もう一度調べ直したほうがいいでしょう。おそらく黒幕が道警の幹部に圧力をかけて、高見沢友樹を強引に地検送りにしたんでしょうね。自分の悪巧みが発覚することを恐れて」

「わたし自身は生方さんの話をうかがって、同じように感じました。しかし、上司たちは事件を洗い直すことに難色を示すでしょうね。場合によっては、捜査ミスがあったことが明るみに出てしまうわけですから」

「誰も自分が大事だという気持ちはわからなくもありません。しかし、そのために無実の新聞記者が拘置所に入れられてしまったんです。法治国家で、そんな理不尽なことがあっていいわけがない」

「それはそうなんですがね」

「警察の隠蔽《いんぺい》体質をなんとか改めないと、われわれは永久に国民から信用されないんじゃないかな？　きれいごとを言うようだが、警察官のひとりひとりが少しの勇気を持てば、冤罪《えんざい》はなくなるはずです」

「ええ、その通りでしょうね」

「法の番人が腰抜けばかりじゃ情《なさ》けない。お互い、犯罪には真っ向勝負を挑みましょうよ。といって、検挙数を上げればいいってもんじゃない。罪は憎むが、人は憎まずという姿勢は保《たも》ちつづけないとね」

「自分も同じ考えです」

「なんか先輩風を吹かしちゃったが、自戒《じかい》を込めて言ったんだ。後《あと》のことはよろしく！」

生方は久住刑事に笑顔で言って、踵《きびす》を返した。三階にある刑事課を出て、階下に駆け降りる。

生方は札幌中央署を出ると、隣の札幌グランドホテルに入った。館内のレストランでハンバーグ・ライスを掻《か》き込み、別のレンタカーを借りる。グレイのウィッシュ一八〇〇X《エックス》だった。

北誠会の今岡会長宅に向かう。十数分で、今岡邸に着いた。

生方はレンタカーを今岡宅から少し離れた路上に停めた。張り込み開始だ。

今岡邸から黒いロールス・ロイスが出てきたのは、午後十一時過ぎだった。

運転席には、見覚えのある角刈りの男が坐っていた。後部座席にいるのは今岡だ。

生方はウイッシュ一八〇〇Xでロールス・ロイスを尾行しはじめた。

今岡を乗せた超高級車は市街地に出ると、北海道庁旧本庁舎を回り込み、北二条西七丁目にある北海道警察本部に横づけされた。手提《さ》げ袋を持った今岡がロールス・ロイスを降り、道警本部の中に消えた。

（北誠会は、直《じか》に道警の偉いさんに取り入ったのか）

生方は意外な展開に驚いた。なぜか、ロールス・ロイスは走り去った。今岡は道警本部に長居するつもりなのか。

生方は道警本部の表玄関の近くにレンタカーを停めた。

二十分ほど過ぎると、表玄関前に銀灰色のシーマが停止した。ほとんど同時に、道警本部から今岡が現われた。

手提げ袋を持っていなかった。

シーマから若い男が降り、手早くリア・ドアを開けた。今岡がすぐに後部座席に乗り込んだ。部屋住みの若い構成員らしい男が運転席に戻った。

生方はウイッシュ一八〇〇Xでシーマを追尾しはじめた。

シーマは北海道大学北方生物園・フィールド科学センター植物園の脇を走り抜け、函館本線の高架下を潜《くぐ》った。それから間もなく、北六条西八丁目にある札幌医療センターの外来用駐車場に滑り込んだ。

生方は少し間《ま》を置いてから、レンタカーを駐車場の端に入れた。

今岡は早くもシーマを降りていた。角刈りの若い男は両手にジュラルミン・ケースを提《さ》げていた。いかにも重そうだ。中身は札束だろう。

どうやら今岡はわざわざ深夜を選んで、ブラック・マネーを菅原に届けに来たらしい。

二人は通用口に回り込んだ。

生方はレンタカーをそっと降り、今岡たちを追った。院内の一階ロビーには、人っ子ひとりいなかった。

ほどなく今岡たち二人がエレベーターに乗り込んだ。函《ケージ》の扉が閉まった。

生方はエレベーター・ホールに走り、階数表示盤を見上げた。

ランプは最上階の八階で停止した。その階には、院長室があるだけだ。今岡は菅原院長に会うのだろう。

生方は別の函《ケージ》で最上階に上がった。

院長室はホールの左手にあった。ドアの前には角刈りの男が立ちはだかっている。

（あいつを弾除《たまよ》けにするか）

生方は物陰に隠れ、廊下に百円硬貨を力まかせに叩きつけた。大きな音がした。ボディ・ガードの男が駆け寄ってくる。

生方は急かなかった。男がホールで立ち止まってから、体当《せ》たりした。

男がよろめいた。生方は相手の肩口を掴んで、素早く体を探った。

革のショルダー・ホルスターにはマテバＡＴＰが収まっていた。イタリア製のコンバット・シューティング用の自動拳銃である。全長は二十二センチで、複列式の弾倉には四十五口径ＡＣＰ弾が十四発装塡できるはずだ。

生方はマテバATPを奪い取って、スライドを引いた。

「警察だ。銃刀法違反だから、イタリア製の拳銃《ハンドガン》は押収するぞ」

「くそっ」

「今岡会長のボディ・ガードだな？」

「…………」

相手は口を引き結んだ。

「返事が聞こえなかったが、気のせいかな？」

「…………」

「いくらなんでも、銃声は聞こえるだろう」

「撃つ気なのか!?」

「その気はなくても、暴発するかもしれないだろうが。そうだろ？」

「銃口を下げてくれ。おれは会長のガードを務《つと》めてんだ」

「名前は？」

「小沢《おざわ》、小沢公平《こうへい》だよ」

「やっと素直になったな。今岡は公安委員の菅原勲に病院の再建費用を提供して、組織の拡大化を図る気でいるんだろう？　道警本部の首脳部に影響力を持つ公安委員に貸しを与えてさ」

「おれは下っ端だから、よくわからねえよ」

「院長室に運び入れた二つのジュラルミン・ケースには、総額でいくら入ってたんだ?」

「三億だよ」

「その前にも、だいぶカンパしてるな?」

「さあ、どうなんだろうね」

「わざと暴発させるかな?」

「やめてくれーっ。菅原院長には、きょうの分を入れて十二億円渡したはずだよ」

「その裏金は、勝沼組が密漁ビジネスで荒稼ぎした儲けの一部だなっ」

「だと思う」

「今岡と菅原は自分らが疑われることを恐れて、勝沼に道警本部の庄司刑事部長とちょく
ちょく接触させたんだろう?」

「そのへんのことはよくわからねえな」

小沢が返事をはぐらかした。

「肩に被弾《ひだん》しても、弾除けにはなるだろう」

「撃たないでくれ。一緒に暮らしてる女が妊娠してるんだ。そいつがガキを産《う》んだら、籍

を入れてやるつもりでいるんだよ」

「パパになりたかったら、捜査に協力するんだな」

「わかったよ」

「今岡会長は勝沼に命じて、北海道タイムス社会部の高見沢友樹を婦女暴行犯に仕立てたり、新聞社や全道民オンブズマンの事務局に手榴弾を投げ込ませたわけだ？」

「そうだよ」

「高見沢記者を陥れた広瀬と奈々を小樽の天狗山の中で心中に見せかけて殺害したのは、勝沼なのか？」

「始末しろと命じたのは勝沼組長だけど、広瀬さんたち二人を生かしておくと危《ヤバ》いことになると言ったのは今岡会長だよ」

「そうか。高見沢記者の妹を西新宿の自宅マンションで殺したのは、今岡の甥の押尾和博だな？」

「そこまで嗅《か》ぎつけたのか。猟犬みたいな刑事だな。会長は、道警本部の偉いさんが北誠会から金を吸い上げてるように見せかける目的で、おれの舎弟の古屋大助《ふるやだいすけ》って奴に高見沢亜希をレイプさせ、全裸姿をデジカメで撮《と》れと指示したんだよ」

「だが、そいつは被害者に抵抗されて狼狽した。で、同行してた押尾が亜希を絞殺して、このおれを殺人者に仕立てようとアリバイ工作したんだな？」

「そうだよ。会長と甥っ子は、あんたが女子大生殺しの重要参考人と睨んだんで、名の売れた美容研究家の押尾翠が自殺したと恨みを懐《いだ》いてたみたいだぜ」

「それは事実と少し違う。今岡と押尾はおれが別件逮捕したことを逆恨《さかうら》みしてただろうが、美容研究家はきっと二年数カ月前に息子が女子大生殺しの真犯人だと確信してたにちがいない。だから、子育てを誤ったことを悔やみ、厭世的《えんせいてき》な気持ちになったんだろう」

「うちの会長は、そのことを知ってたのか？」

「おそらく、知ってたんだろう。押尾もな。しかし、おれが押尾を怪しんだことが翠の自殺の遠因になったことも事実だ。だから、今岡と押尾はおれに何か仕返しをしたくなったんだろう」

「そうだったのか」

「押尾は伯父の自宅に匿《かくま》われてるんだな？」

「いや、会長の甥は富良野《ふらの》にある北誠会の保養所にいるよ」

「そうかい」

生方は小沢の背後に回り込み、先に歩かせた。

院長室のドアを無断で押し開ける。今岡が六十一、二の銀髪の男と応接ソファに坐っていた。コーヒー・テーブルの上には、二つのジュラルミン・ケースが載《の》っている。

「院長の菅原勲だなっ」

「きみは何者なんだ!?」

「新宿署の生方だ。それだけ言えば、もう説明はいらないだろう」

「今岡会長……」

菅原が押尾の伯父に縋《すが》るような眼差《まなざ》しを向けた。今岡が重厚なソファから立ち上がって、上体を捩《ねじ》った。

「この小沢って奴が、おたくたちの陰謀のから、く、り、を喋った。もう観念しろ！」

「そいつが何を言ったか知らんが、われわれは危《ヤバ》いことなんかしてない」

「往生際が悪いぞ」

生方は一喝《いっかつ》して、マテバATPの銃口を今岡の心臓部に向けた。

「はったり野郎が！　一介の刑事《デコスケ》が発砲できるわけねえんだ」

「そうかな」

「撃ってみやがれっ」

今岡が吼《ほ》えた。生方はわずかに的《まと》を外し、イタリア製の拳銃の引き金を絞った。

重い銃声が轟《とどろ》いた。放った弾丸は、菅原院長の桜材の両袖机にめり込んだ。公安委員が高い悲鳴を放った。

「こいつは、どうも暴発しやすいようだな」

生方は拡散する硝煙を片手で払い、冷ややかにうそぶいた。

今岡がソファにへたり込み、忌々《いまいま》しげに舌打ちした。菅原は放心した顔で、頭上のシャンデリアを凝視している。

生方は小沢を今岡のかたわらに坐らせ、懐の携帯電話を探った。

数日後の夜である。

生方はピアノ・バー『ソナタ』のカウンターでグラスを傾けていた。

北海道警に引き渡した今岡と菅原はきのうの午後、犯行を全面自供した。その数時間後に高見沢友樹は釈放され、そのことはマスコミに大きく取り上げられた。ずっと黙秘権を使っていた勝沼も観念し、今朝《けさ》、悪事の数々を認めた。

富良野で逮捕された押尾和博は新宿署に移送され、きょうの午後二時過ぎに本庁捜査一課のベテラン刑事に女子大生と高見沢亜希を殺害したことを自供した。

アリバイ・トリックは推測通りだった。協力者は幼馴染みだ。その男も、すでに検挙されていた。

店内にピアノの音が響きはじめた。

生方は視線を伸ばした。

鍵盤に向かっているのは、バーテンダーの家弓だった。奏《かな》でているのは、『レフト・アローン』だ。

マル・ウォルドロンの名曲である。亜希によくリクエストしていたナンバーだった。

「弟、中学生のころまでピアノを習ってたのよ」

ママの律子がそう言って、さりげなく生方の隣に腰かけた。

「それは初耳だな。能ある鷹《たか》は爪を隠すってやつか」

「指捌《さば》きは危なっかしい感じだけど、一応、メロディ・ラインは外してないんじゃない？」

「うまいもんだよ。亜希ちゃんよりは数段、劣《おと》るがね」

「比較にならないわ、彼女とは。でもね、保は口下手だから、あれで生方ちゃんを慰めてるつもりなのよ」

「ああ、わかってる。弟さんの優しさは充分に伝わってくるよ」

「そう。事件が解決して、亡くなった亜希ちゃんも天国であなたに感謝してると思うわ」

「おれは自分を陥れた奴らを赦《ゆる》せなかったんだ。もちろん、亜希ちゃんの無念さを晴らしてやりたいという気持ちもあったが……」

「そういう少し屈折《くっせつ》した思い遣《や》りって、なんか素敵だな。だから、亜希ちゃんは生方ちゃんに心惹《ひ》かれたんでしょうね。当分、辛《つら》いと思うけど、彼女はずっと生方ちゃんのハートの中に棲《す》みつづけるんじゃないのかな？」

「おれも、それを望んでるんだ。彼女は死んでしまったが、大きなプレゼントを残してくれた」

「どんなプレゼントなの？」

「刑事《デカ》魂だよ。忘れかけてた大切なものを思い出させてくれたんだ、亜希ちゃんがね」

「よかったわね。今夜はみんなで亜希ちゃんを偲《しの》ぼう？　どんどん飲んで。もちろん、お店の奢りよ」

「ママは、いい女性《ひと》だね」

「でも、惚れちゃ駄目よ。これでも一応、人妻なんだから。やだ、冗談よ」

「この店にはずっと通いそうだな」

生方はグラスを高く掲《かか》げ、振り向いた家弓に目で謝意を表した。

家弓が小さくうなずいた。

生方は一気にグラスを空けた。今夜は酩酊《めいてい》したまま、眠りにつきたかった。

筆者注・この作品はフィクションであり、登場する人物および団体名は、実在するものといっさい関係ありません。

一〇〇字書評

切り取り線

購買動機（新聞、雑誌名を記入するか、あるいは○をつけてください）

□（　　　　　　　）の広告を見て	
□（　　　　　　　）の書評を見て	
□ 知人のすすめで	□ タイトルに惹かれて
□ カバーが良かったから	□ 内容が面白そうだから
□ 好きな作家だから	□ 好きな分野の本だから

・最近、最も感銘を受けた作品名をお書き下さい

・あなたのお好きな作家名をお書き下さい

・その他、ご要望がありましたらお書き下さい

住所	〒				
氏名		職業		年齢	
Eメール	※携帯には配信できません	新刊情報等のメール配信を 希望する・しない			

この本の感想を、編集部までお寄せいただけたらありがたく存じます。今後の企画の参考にさせていただきます。Eメールでも結構です。

いただいた「一〇〇字書評」は、新聞・雑誌等に紹介させていただくことがあります。その場合はお礼として特製図書カードを差し上げます。

前ページの原稿用紙に書評をお書きの上、切り取り、左記までお送り下さい。宛先の住所は不要です。

なお、ご記入いただいたお名前、ご住所等は、書評紹介の事前了解、謝礼のお届けのためだけに利用し、そのほかの目的のために利用することはありません。

〒一〇一－八七〇一
祥伝社文庫編集長　坂口芳和
電話　〇三（三二六五）二〇八〇

祥伝社ホームページの「ブックレビュー」からも、書き込めます。

http://www.shodensha.co.jp/bookreview/

祥伝社文庫

刑事《デカ》魂《だましい》 新宿署《しんじゅくしょ》アウトロー派《は》

平成20年 2 月20日 初版第 1 刷発行
平成24年 6 月 6 日 第 2 刷発行

著 者 南《みなみ》 英男《ひでお》
発行者 竹内和芳
発行所 祥伝社《しょうでんしゃ》
東京都千代田区神田神保町 3-3
〒 101-8701
電話 03（3265）2081（販売部）
電話 03（3265）2080（編集部）
電話 03（3265）3622（業務部）
http://www.shodensha.co.jp/

印刷所 堀内印刷
製本所 ナショナル製本

Printed in Japan ©2008, Hideo Minami ISBN978-4-396-33408-6 C0193